行走的行李箱

晓秋 著

中国文史出版社

图书在版编目（CIP）数据

行走的行李箱 / 晓秋著 . -- 北京 : 中国文史出版社 , 2021.5

ISBN 978-7-5205-3028-6

Ⅰ . ①行… Ⅱ . ①晓… Ⅲ . ①散文集－中国－当代 Ⅳ . ① I267

中国版本图书馆 CIP 数据核字 (2021) 第 107508 号

责任编辑：金　硕　刘华夏

出版发行	中国文史出版社
社　　址	北京市海淀区西八里庄路 69 号院　邮编 :100142
电　　话	010-81136606 81136602　81136603 81136605（发行部）
传　　真	010-81136655
印　　装	阳谷毕升印务有限公司
经　　销	全国新华书店
开　　本	650 × 960　1/16
印　　张	14.25
字　　数	160 千字
版　　次	2022 年 1 月北京第 1 版
印　　次	2022 年 1 月第 1 次印刷
定　　价	52.00 元

目录

Contents

第一辑　看见

第二辑　相遇

第三辑　片段

第一辑

看见

故去的人

夏并不是一个爱热闹的人，他个子不高，脸色黝黑，一看就知道来自农村，且家境一般的那种。不过那时大家多来自农村，活泼的，沉闷的，胆小慎微的，高傲自大的，都不乏。我的印象里，夏还是比较活跃的，看不出来他对于自身条件薄弱的不满和虚弱。他总是笑嘻嘻的，有种天然的不积极不主动的热情，没有来自农村的怯懦与自卑，这样被动呈现出来的热情，使他表现出一副虚怀若谷的大气。夏的学习在班上是很好的，虽不是第一、第二的那种，但也总在优秀的行列。在我这种满脑门子都是对学习抗拒的人眼里，他是有着让人喜欢的特质。当然，囿于真实的身高和样貌，他也仅仅被圈定在“特质”上，还没有足够的光芒闪烁出熠熠光辉，以吸引更多的好感和目光，甚至无法掩盖住他笑容之外，身上莫名散发的阴郁暗淡的气息。

夏的人缘说不上好坏，那时活跃的多是没什么心思读书的，桌子下面的抽屉里永远空空荡荡，随时可以踩着下课铃，在老师的余音中冲出教室。那些埋着头的，顾不上闲聊，顾不上身边的花红柳绿和喧天热闹，这个世界在很多个瞬间是与他们脱节的。夏不是书呆子，他看上去至少是个热情的人，打问他一句什么，他会笑成一朵花，一边笑着一边回答，眼神也是热切的，会让人忽略他小小的个子和他展齿一笑时那颗黑得不甚地道的牙。明明不是很招人的人，却因了那绽放的笑容，就让人无法不心生好感。不过那好感和他身上的光芒一样，依然不能持续地闪亮，在他抽身离开之后，会迅速黯淡下去。因为是文科班，男女生之间没那么多拘谨，沟沟壑壑都是淡淡的，不分明，更不凌厉，表面的气氛温和友好，不似理科班那般沉闷。当然也有抓紧时间寻爱的，偷偷买了电影票一起逃课，用晚自习去轧马路，牵了手的也不乏。但这些事件同样多发生在那些桌上空荡荡的人身上。埋头苦读的，不过是抽了空抬起头，冷冷地看一会儿，像看马戏般，心里不知怎样地冷笑——其实都知道，不过是一场游戏一场梦而已。但梦也是要做得好，不做你怎么知道那一场游戏有多精彩，那一场梦有多深刻？

夏扶着眼镜，嘿嘿笑着，他才不愿做这样无谓的挣扎，他说中学校园的恋情就是一场鱼死网破，除了最后的鱼死、网破，剩下还有什么呢？鱼还能重生，网也可以再织，可彼此再遇，却谁也再不认得谁。夏貌不惊人语却惊人，一句话便磕死了我们班所有明的暗的恋情。果然高考之后，那些情深深爱浓浓，皆消散在一场场烟雨中。不过也不是都一语戳中，至少鱼没死，网也没破，情断之后的各自分飞，并没有谁割毒一样在记忆里把对方一刀挖掉，从此不再提起——也只是避开不再相见而已。

夏看上去很冷静，他的旁观似乎比别人更用力气，他不像是暗地里在旁观别人，而是在演绎一个个故事——或者他不仅仅是演绎，而是重塑，把那些碎片化的爱恨情仇重新塑造成新的闪烁着他可以感受到光芒的剧本。他的脸色在旁观背后的演绎中越来越寡淡，看定某个人时，眼神不再是一望而去的清澈与激越，而是有些呆愣，好半天才能反应过来。

那时候，夏其实已经有了些预兆，只是没有人注意。埋着头学习的人本就不太容易受到关注，何况他本身也不是容易被关注的人，他表现的症状没那么偏执和狂傲，不是沉默低调，也不是多斗勇热闹的，他居于两极中段，是最不出彩的那类。所以无论夏什么样的表现，他被大家忽略都顺理成章，一个仅仅是学习偏上而没有其他光芒的同学，实在不值得多用心思去悉心观察。

离高考还有半年的某天，夏的座位忽然就空了。空了好几天老师才说，夏病了，回家休养去了。大家听了也就听了，没人说什么，无猜疑、无惋惜、无关切。踏上高考这条船，但凡对前程抱有希望的人，心思就不在旁人身上，读死书的不多，死读书的却不少；没有什么想法的呢，更不会去操心一个可以说的上是乏味的同学的状况。夏就这样被我们全体忽略了。这样的冷漠，貌似是一班人的薄情寡义，其实不过是我们对于高考焦虑的掩饰，以及对未来的不确定无措。但夏的病，没几天还是在班里传开了，这一下，他忽然像是从幕后被推到台前，聚焦了我们所有的目光和话题。不是我们认为的感冒发烧之类，也不是学习紧，身体哪个部件出了问题，他是得了癔症。癔症，是一种精神障碍疾病，用我们当地的话来说，就是神经病——但凡跟精神有关的疾病，统统被称为神经病，谁会文绉绉地去区分精神病和神经病的不同。

那个夏，他怎么会得神经病。

是啊，他好热情的，一点也不像是神经病。

他学习那么好，每次作文都拿高分。

我们议论的时候多是惋惜，但静下来时，心里又十分清楚，那大概才是比较适合我们那个时段得的病。每个人的内心其实都有不为人知的悲观与黑暗，只是，各人有各人的排解方式，或者说，各有各的心理支撑。我们中的任何一个人，谁也不敢说，在未来某个时期，自己不会因为无法承受的各方压力而失去理性和理智。没有人敢这么说。

我们只能说夏。用叹惜把自己扯离那个其实离我们每个人都很近的黑洞。我们更不敢把自己置换成夏，或者夏的世界。因为深知那种深不见底的暗黑令人窒息。我们在潮水的边缘假装无知脚下的汹涌波涛。

这时候，才开始有人想起在开口说话前就盈出一脸笑意的夏，无人时脸上时常莫名泛出笑意来，好像一朵花，骤然在凋零的枯叶间无比艳丽地绽开，反季节的妖艳盛放在意识里有冰凉的邪意丛生。也有人说，夏在沉默不语时，会猛然间发出几声冷笑，像是与人辩驳不过的讥诮冷峻；他一个人行走时，会漠视旁人与他打招呼，那眼神看上去，像是他在另一个维度空间里——那是一个我们感受不到的世界，更无法触摸到夏的情绪。闻此，冷风便飕飕从耳旁刮过，心里忍不住泛起好一阵子悚意。

还有想得比较深者，叹息一声，说夏表面乐呵呵的，其实把什么事都藏在心里。心思那么深，这是生生要把自己淹死啊。他怎么就不懂跟人聊天就是对内心的释放呢？有反驳者说，大家都各自为政，能找谁呢？你吗？那人就急了，找我干吗，我们又没什么交情。那谁是他的交情呢？这话问出来，立刻没人吭声，是啊，谁是他的交情呢？我们大多数人，谁又是谁的交情呢？有谁不是自己藏着掖着甚至埋葬着自己的内心呢。世界那么大，可我们能听到和看到的，总是那么少，好像自带感官的屏蔽器，能自动选择我们不需要的情感的接受与释放，我们困顿、疲劳、苍白、萎靡，这种种理由叫我们迟钝、冷漠、无言。我们其实都是套中人，只不过每个人套住的部位、套着的范围不同而已。

我们能想到的关于夏的片段不多，拼凑起来的，还不足以使他的骨肉丰满，明明他的形象就在跟前，却虚飘飘的无法握住，根本不能稳扎稳打屹立在我们一遍又一遍的重复描绘之中。

夏的病点燃了我们内心对于前程无可依赖的悲观，同时也激励我们下意识的奋发，这两种分化的极端情绪弥漫，使从来不缺喧闹的教室空前的沉寂。努力的更加勤奋，颓废的也越发消沉，整个班级里，数天来竟不再有喧嚣的场景。无争执、无打闹、无嬉戏，几个上课的老师都忍不住惊异，这么沉闷的氛围不是以浪漫著称的文科班的风格。我们好像沉浸在无声世界之中。

或者是因为年轻，我们选择性对一些事感兴趣，再选择性地对这些事失忆。那些被选择的，像鱼的七秒钟记忆。夏就是我们的七秒，很快被我们忘记。那短短几天的沉浸，更像是对与自己擦身而过事件的悼念和感激，然后，再加倍之前那种生活或学习——也许，那才是自己没最终进入黑洞的最适合方式。

过了大约半个月，夏已经被我们彻底忘了，没人再谈论，他像一片过路的云，在我们头顶上飘过去，很快消失，干脆利落，一点儿也不拖泥带水。我们是毕业班，寒假的来临并没有带来太多的兴奋——放假是别人的事，快乐也是别人的事。但班主任很快在我们毫无波澜的内心又投掷了一块石头，激起阵阵涟漪。那是正式放寒假的前一天，老师抱来几个笔记本。都是塑料外皮，颜色不一，显见是不同时期买的。老师说要给我们读其中的几段文字，好好给大家上一堂课。起初，我们以为是不知从哪儿搜刮来的摘抄本——那时我们很多人都有摘抄本，抄些名人名言和激荡人心的语录，当然也有摘些自己喜欢的好句子，不见得作文里能用得上，只纯粹为践行各科老师倡议的“好记性不如烂笔头”。我也备过摘抄本，那会儿正狂热地爱好文学，两个摘抄本都写得满满当当，除了名人名言、歌词外，还抄了好多诗，看得懂看不懂全然不顾，也无视长短。直到如今，我依然习惯摘抄，只是很随意，不再局限于笔记本——即时贴、打印纸、报纸一角、纸巾、包装袋，甚至手心，只要能写上字，就地取材，完全不拘一格。不过摘抄本于我没啥大用，抄完就完，极少再去翻看。每人所喜好的并不相同，想来别人的摘抄总比我的有层次有深度吧。

但老师读的并不是各类摘抄，而是日记。是的，夏的日记。一摞本里，老师选读的是对一段感情的记叙和沉迷，对一个女孩的关注与倾心，缱绻的深情爱意，令我们惊讶与瞠目。这个夏，他果然真实地诠释了什么叫“真人不露相”，他毫无能圈可点的外表下，却有着我们叹为观止的深沉爱恋与相思。他的文字粲然，好像春日初阳，有种淡淡的暖在慢慢铺陈，尔后又春风荡漾，绿意盎然，竟无一丝暗相思的苦楚与哀怨。夏在自己的世界里踽踽独行。他在所有人目光之外的寂静深夜黯然饮泣，强颜之下，他只有在日记本上独自倾诉，而自始至终未曾惊扰那个被他偷偷关注的女孩，哪怕她的一颦一笑都那么牵动他，他的心、眼睛、鼻子、耳朵，所有的感官都凝聚在一起，细细地捕捉着她熟悉的身影、声音和气息。在被忽视的背景掩护下，所有的距离都消失了。他如此沉醉这种消失，甚至在黑暗中，他能够把那熟悉的气息一缕缕地按时间的顺序厘清，还可以伸手握住那一头常年扎着的马尾辫，体味那捏在手心里沉甸甸的感觉……

起初听着老师的朗读还有人发笑，若“入我相思门，知我相思苦”倒也罢了，却偏偏是“入我相思门，不知我相思苦”，情圣不成，倒疯癫了，你说何苦来哉？笑也是暗笑，老师并不给人谈论的机会，他大概从头到尾都是读过的，把日记本里的折页处一页页打开，朗读——遇到某些他欣赏的词句时，还是会评判两句，以成全作为一个老师的职责。老师念完他所有记号过的地方，合上日记本，语重心长地说，这么优秀的同学，就栽在恋爱上了，要是把心思都花在学习上，不说前程有多无量，至少不会成精神病吧？你们这个年纪，感情的路还有好长，何至于这么偏执，死钻牛角尖。当然了，情窦初开，两情相悦也是避免不了。可你们看看，为情迷乱，跟人连句话都没说过，还落得个神痴癫狂。真是可惜了这些好文字。

老师说完，抱着一摞日记本走了。他到底是为了警诫我们，替夏惋惜，还是纯粹为了欣赏这大好的文笔，不得而知。我们不明白为什么夏的日记本会在老师手里，老师又为什么会将这么私密的日记展示给我们？因为不关乎自己，没有人觉得隐私被这么侵犯是件多么过分的事。何况老师能拿到这么一摞日记本，说明是获得过夏或者夏的家人同意的。在那个没有什么娱乐的年度，能有一件“桃色”事件可以谈论，是令人兴奋的。我们把拖进记忆的夏又重新翻了出来，这时的议论，已不是那一摞日记本能记载下的。我们把班上所有扎马尾辫的女同学都排查了一遍。扎马尾辫的女生不多，高三了嘛，谁也不愿意把时间用在对头发的打理上，所以多是触肩的中短发。一旦锁定某个女生，都不约而同地把目光一遍遍落向她，筛子一样把她翻过来拨过去。对于被圈定的女生，我们没有一丝一毫的犹豫——我们首先需要一个女主，然后再根据夏日记中精细的行为描绘去揣摩这种风格的符合者。那是一个说不上特别漂亮但很耐看的女生，文静，但文静得令人崩溃。有人形容，谁要讲个笑话，从这个女孩脸上，你看不出来这是个笑话——她的脸上，似乎戴了面具，永远都是碧波千里的云淡风轻。

女生或许知道大家把她对号入了座，未做过辩解，也不接这样的话题，她平静如故，文静如故。只是寒假补完课后，到下个学期，她就转学走了——高三剩下的半个学期，从师资优良的县中学转去偏远的一所镇中学。她没告诉过谁，很决然的样子。我们于是知道，她果真是夏日记中的那个女生。作为被暗恋的当事人，她应该有感觉。她承受不起夏被公开的情感，那花团锦簇之后是她不知怎么躲闪的沉重和阴郁。

数年后，与人说起夏来，依然是没有多少可以说的话题，倒是对那个被我们集体用异样眼光盯着的女生忍不住感叹。虽然转学之后我们再无往来，她的面貌被时间模糊了，名字也总不那么确定，回想起来，当年的我们，到底是残忍，还是年少不懂事。就因为日记本上的马尾辫将她锁定成谈论的目标，在极短的时间内，用含义不明的笑、明嘲暗讽的套话，以及淡漠的疏离生生将她剥离了我们。说女生，比说起夏要轻松，感情也更丰富，好像夏只是个引子，不说他，就引不出我们实际想要谈论的这个女生。可我们对她一样知之甚少，只东来西往、断断续续听来的几句，几句话之后，没有了可以继续的话题，常要互相问一句，她是哪个班转过来的呢？

夏的病不重，大概也就是那段时间压力过大引起了行为异常，被细心的家人早发现，用药的同时辅以心理疏导，夏的病也就没有严格意义上的爆发。休了几个月的学，还是参加了高考——高考前，夏没来过学校，连填报志愿都是他家里人征得学校同意，过来取走志愿表又送回来的。后来，夏上了中专，那时高中是可以考中专的，是定向分配的学校和专业。我们班当时有几个人填报了定向分配的学校，最后上中专的，只有夏一人。高中一毕业，大家就像棋子一样，散落各处，考中和没考中的，那时没有电话可以联系，唯有毕业册上的地址，像是一个标志，意味着某个人就在那里，或暂时，或长久。但那也只是个地址。没多交往的，谁也不会真的有一天，循着地址找上门，叙那淡如水的同学之谊。

再见到夏，已经记不住是多少年后了。我在新疆生活了几年，成了一些亲朋好友眼里的传奇——仅仅是婚姻上的传奇。后来定居在北京，传奇色彩早已消散如云烟。再回到老家，那个我熟悉的小县城，像我们一样，也面目全非，剩下一条老街道，朴质不再，常常让我分不清这个路口和那个路口，与人说起时，脑中要想象一下它们曾经的模样——简单甚至有些肮脏，过节时，各种乱搭的店铺占了人行道，又伸延到街道，能让人群拥堵住的样子。并不是自己多喜欢那样的简陋，只是忍不住怀念。时间奔驰的越快，对于往昔，则越发留恋。再与同学相见，内心的感怀与柔情，便时常汹涌，要很久才能平复。那日，我独自行走在老街道，这是唯一我还能回忆起某个出口的街。在一个小商铺的门口，忽然有人轻拍我的肩。转过头，一眼便认出夏。没有太多变化的五官，没有在青春期猛然上蹿的个头，依旧笑起来掩饰不住的一颗黑牙。时间没给他太多描绘和塑造，我却不记得他的全名了。夏还记得我，能认出我，这让我有些惊讶。夏笑笑，说他记得我们班的所有人，姓名、长相。我低下头，我恰是记不起几个人，单是记得样貌或者名字——还往来的几个人，也是当年关系比较紧密的；而无甚交往的，如星光一样，闪连成一片，大多在记忆里模糊不清。

我和夏立在小商铺门口，寒暄几句，不过是各自的家庭、工作，还有父母，像刚刚认识的人，做着礼貌性的互问。我没想到的是夏在乡镇的政府办工作，作为一个政府官员，他并无他人在体制内的优越感，反而很愁苦的样子。我本想跟夏聊聊从前那小片段的日子，他的病，他的日记。张了张口，终究没说。谁都有不想回味的过去，事件和人，何况，那于他还有些不堪。几句简单的客套之后，再无其他可以接续的话题，我们沉默着一起盯着街道上没有礼数、横冲直撞的各色电动车。那些电动车，都带了雨棚，可防雨、防晒、防风，像简易微缩版的汽车。电动车体积一膨胀，胆也壮了，倒逼得那些骄横惯了的小轿车失了脾性，小心翼翼地挪动着。良久，夏忽然叹了一声，时间过得这么快，我都要忘了我是谁。

夏的记忆那么好。从青春年少到人近中年，我像这座小城一样，街道还是那条街道，房子却不再是那些房子，虽然还遗留着陈旧的痕迹，但山河岁月早已碎裂重塑，由内而外，量变与质变，都太快太糙。所以，小城不是我记忆里的小城，我也不是曾经的我。我时常迷失在小城的某个地方，分不清东西，有时就着某一方向前行，本该是熟悉的地方，偏偏瞧出十分的陌生来。而夏，他却一眼能认出我，叫得出我的名字。有着如此深刻记忆的人，怎么可能会忘掉他自己呢？我以为夏纯粹是在感慨，十几年后才相逢的同学，竟相顾无言，难免让人心里有些寒薄之意。

别过之后，没再联系，连个电话也没留，就是后来我再回乡与同学聚会，也没想起过夏。他的存在感太过薄弱，数年来默默地被我们排斥在“同学”这个类别之外。其实，也有人提到过夏，义愤填膺的样子，说他多么不懂人情世道，不顾同学之情，还有自私吝啬等。因为是某个随兴话题引出来的，话又说得突然，我没太明白这说的是谁，讲述的人说得情绪激动，爆了无数次粗口，就差要拍桌子骂人家爹娘了。忽然有人“哧哧”笑了起来，说道，那么当真干什么，跟个病人计较不气死你，你也就这里说说，在人家面前不得收敛着，万一发作起来你可就麻烦了。这话像饱满的气球上那个细微的洞，虽然看不到戳在了哪里，气球却慢慢瘪了下来，不再弹性十足。我才觉察出被说的那个人是夏。那个有一手好文笔、脸上时常漫着笑意的夏，他生硬、执拗，并不懂得怎么与人相处，也拒绝在仕途上已经“混熟”的同学的劝导和暗中提携，所以许多年了，他的职位没有变化过。最关键的，是夏的执拗与消极影响到他的家庭，对夏再无盼头的妻子带着孩子离开了，任谁劝说也不肯回头。而夏，却莫名地将这一切怪罪于同学，说这一切都是有人在背后操纵的，他断绝了与所有人的往来，陷于与妻子离婚对家财分割的烦琐之中……我这才知道，夏并不是被同学屏蔽，他只是消失在异地的我的生活圈里。这是许多年里第一次听到关于夏的消息，我没有去打探更多，尽管当时我再一次涌出想说夏的日记和他病的念头，但和其他人一样只是云淡风轻地笑了几声，就把夏忽略了过去。

夏还是那个夏，怎么努力也无法拥有更明亮的光芒，他如同散落在路边的草籽，以为有了水和阳光便可以生根发芽，长成这世间他能够期待的模样。可他的想象与期待仍是纸上开花，埋没在那厚厚一沓日记本，和那一小段被他剪辑掉的日子里。

我们担心夏会重新陷入被扭曲的黑洞里。然而并没有。夏用另外的拗直方式扯离了别人对他若有若无的关怀。某年的夏天，夏从他任职的乡镇里最高的楼上跳了下去。楼并不高，只有三层半，而且他落下的地方还不是水泥地。没有什么能阻挡夏的离开，即使所有离开的条件都不成熟，他还是一去不返。

记得夏那声感叹“时间过得这么快，我都要忘了我是谁”，我已经确定他不是真的“忘了我是谁”，而是迫切地想要“忘了我是谁”。曾经他忘了自己，却用一摞日记本让我们一次次说起；等他想忘了自己，便决绝地连自己都不肯留下了。

那么一个没有让人铭记的特点的人，却一次次给了我们记住他的理由。但依然没有人记住夏——这些年，我们都习惯了各种更紧密的联络方式，无论哪种途径，没人再谈起他。

陌路青铜

那时我刚上高中，整天爹着冲天的短发，根本不知道怎么打理才算得上有型。走路左摇右摆，书包随意地往肩上一搭，一眼望去，就是个还没有进入青春期的少年。好多年后，我才意识到，当年同学们叫我“假小子”真的是嘴下留情，好歹这样的称呼有点小可爱，若是换成“男人婆”或其他生硬粗俗的绰号，或许我一辈子心里就留下阴影了。

所以那会儿，我根本欣赏不来丽的美，那种风情万种的极致妖娆在我眼里等同风骚。对的，我在父母眼里，虽然还在叛逆期，但我骨子里其实延续着父辈人的审美观，我空有着外表与别人的格格不入和个性十足，实际观念是传统的，传统得不像是个正在叛逆的青春期少女。

丽的美是我成长以后才慢慢体味到的，她的杨柳细腰，那时被我暗下判定为水蛇腰——好像跟“蛇”沾了边，那样的婀娜就有了“妖”气，“妖”起来的人有邪气。后来看王祖贤电影版的《白蛇传》，王祖贤把白蛇的妖娆风情演绎得简直完美，那种撩人的妖媚一点都不叫人心生厌恶或者恨之入骨。每每看到王祖贤演的白蛇，我忍不住就想到丽。丽当然也是媚的，但她媚不过王祖贤，丽也是风情万种的，也依然风情不过王祖贤。丽是清纯里不自觉透出来的妖和媚，那是天生的，自然的。我之所以不太喜欢丽，大概是那时年少，并不懂得女人身上的柔媚与风情，故而很多年我都以短发示人，胸脯扁平也从未觉得自己缺少什么。

其实，说不喜欢丽也不对，我跟丽虽是邻居，但我们并无交集。她家在我家屋前。丽兄弟姐妹多，她和我一样，是家里的老小。在一个能生一大堆孩子的家庭，老大和老小通常比较受父母宠溺，无论男女，大概是父母这时有时间和精力，养了一大串孩子，忙忙乱乱那么些年，开始懂得享受育儿艰辛之外，为父为母的快乐和幸福了。虽是屋前屋后的邻居，我却并太识得丽。都是自家盖的房子，原不是来自一处，我家在农场，她们家是粮食局——父母、兄长、姐姐，那时一家人挤在一个单位是很正常的，多是内招，还有接班，再加上利用职务之便的私下操作。粮食局当时还是非常火热的单位，民以食为天，除非不吃不喝，否则谁离得开粮食？所以一家人挤在一个单位，不是无奈，而是某种能量和权力的象征。那样衣食无忧的样子，是令人艳羡的。自然，这家人会不自觉流露出某种优越感。

丽是不是有优越感我不知道，我们并不往来——我们两家当邻居的时候，我刚上初中，丽高中毕业已工作，我们互不相识。或者是因了能量的衰退，丽没能直接进到粮食局，她去了粮管所，还是没有脱离粮食部门。粮管所是企业，除了收粮，还有粮食加工的业务。丽的工作性质是什么样的，我不太清楚，只知道左邻右舍有什么需求，跟丽说一声，丽从来不含糊地应承。我家也一样，当时家里养着猪，差不多半个月就要买一次米糠，早个一两天跟丽打声招呼，丽上班就去帮着把票开了，把米糠订好，等过去只交钱取米糠就行，免了排队——不知道是不是因了那时养猪的人家多，粮管所的米糠还挺抢手，多是要排队。若是哪天买米糠的人多了，就是排队也还不一定能买上，再加上有时候停电，中途停了机器没法继续机米，所以经常有排了半天队，还没到跟前就被告知已经没有米糠了。丽提前把票开出来，跟机米的打过招呼，当天米糠一出来，就装好了在一旁放着，也或者前一天就给预留了出来。这就是有熟人的好处。当然，不仅仅限于米糠，既然有这个人情在，多数人都是不肯浪费的。丽年龄不是很大，却是热心的人，她还不太会拒绝别人，跟她招呼的事总是满口应承，若是有时候应承过的事情因了繁忙而忘记，她就一副特别歉疚的样子，专门上人家里说一声。其实，她就是不做解释，也不会有人抱怨什么，求人的事嘛，哪里会因了一次的疏忽就心有不适呢。丽的懂事和诚恳，让大家都很满意，毕竟多是寻常人家，求人不用低三下四，还被这般尊重，是不多得的感觉。所以丽的口碑在我们左邻右舍间是很好的。

我上高中那年，丽结婚了，老公是粮管所所长的儿子，也是粮管所的职工——还是一家人窝在一个单位。小城里，避不开的，那时大家并没有什么风险意识，能有份工作就不错，拿上所谓的“铁饭碗”更是件幸福的事。丽的老公家同样是我们的邻居，与我家只隔了几幢房子。她老公个子不高，方脸，大眼，厚唇，相貌普通了些，不太爱说话，样子很敦厚，看人时却很冷漠，带了些倨傲的距离感。据说脾气不是很好，动不动操起棍棒要跟人干架的那种，当然，我是从来没见过丽的老公暴脾气的样子，不知道是不是结婚后他“从了良”，扳了正，操棍弄棒的事便被推进了历史。小城再小，也是县城。虽然在城外买地盖房，也见缝插针地拓地种菜，养猪买鸡，勤勉地开垦着养家糊口的各色行当，明明一身与农民无异的气息，骨子里却依然秉持着来自县城的优越和对乡下的不屑。所以城里人对婚姻的讲究，要么郎才女貌，要么门当户对。丽的婚姻显见是门当户对的。

丽结婚之后，我们才开始熟悉起来，可能上高中以后，我身上的顽劣之气慢慢消退，变得越来越细腻，对于丽的成熟已懂得接纳和认同了。成长是每个人的必经之路，原本一段不可触及的距离，因为成长的速度不同，而变得伸手可及，我认为自己能看到丽青春里的花团锦簇，是饱满的、丰富的；能嗅到她的每一丝花香，是浓烈的、惊艳的。而我，则是路边正迎风微微颤抖的小野花，若有若无的花香，过目即望的花色，虽然拼命地绽放也依然不曾有四溢的芳香。起初，我以为这样的距离只是时间问题，但几年后，我到达丽当时饱满多汁的年龄时，发现并非所有差距都可以运用时间这个理由来诠释和化解，虽然时间在每个阶段确实是抚平一切的最好借口。我不记得和丽，是谁先表现出柔软来的——也许丽并不知道我们之间曾经因了几岁的年龄差距似隔着几重山水，我以一个初成长的少女的眼光打量她，其实心里是沦陷于她光芒里的紧张，还有期盼，可偏偏表现出来的是身不由己的暗自诋毁与不屑。这般自相矛盾或许也是我隐晦的青春期里的秘不可宣。所思非所为，也是人间常态。

丽一如既往，她的温和延续着旧的途径，婚姻并没有改变她过多的东西。她目光温和，看到我时并不主动打招呼，但会一贯地绽出笑容，我若扭过头假装忽视，她的笑在余光中并不凋落，是送出去了便不肯再收回的宽阔坦然——如此想来，最先变得柔软的人应该是我了，因为丽一直都是柔软的，她自始至终都没有竖起过刺，坚锐地碰触我。不过是我自己竖起的一堵墙，隔绝着我们之间的距离，从而她行在她的光芒里，我固守我的灰暗——当灰暗自成一个天地时，我便不觉得自己是黯淡的。

某一日，我行走在丽的身后。丽连背影都是柔软的，她的衣衫貌似并不很合体，紧绷在身上。凸显的丰臀细腰，左右摇摆，幅度很大。我不知道丽的摇摆步是天然形成还是故意如此，她卷曲微黄的长发披散着，弹簧一样上下跳动。我第一次觉得细软的腰肢果然好看，像山野里成片的茅草，在风的拨弄下有种邪恶又斑斓的招摇，可又魅惑得恰到好处。当我不再抗拒丽的时候，她的柔美倏忽间对我产生了某种诱惑。我承认那是同性除了脸蛋外，以另外的形式对我构成的引诱。我对自己的干瘪、粗粝和坚硬有了自卑感。只是那时的审美观并未完全形成，那瞬间的诱惑使我迅速对自己的感觉感到羞愧，好像一不小心踏进了泥坑，踩出一脚洗不净的污泥。在丽的身影越摇越远之后，我对同性身躯摇曳阿娜的欣赏瞬时又消失，那种轻视和鄙夷如同风沙击打之后坚强挺立起来的树枝，摇落一身尘沙重新桀骜地生枝长叶，再次繁茂葳蕤。我觉得那丰满的身体摇曳得过于轻佻，带着赤裸裸挑逗的张狂。一个美丽的已婚女人，就像一个盛开着鲜花的陷阱，让人毫无防备；再辅以浓香烈焰，连我这年少未成的少女都容易想入非非，对成年男子，也许更充满着致命的诱惑了。

丽真实的生活，我们外人总是不好过多打听和窥探，一个家庭是个独立的球体，里面所有的形式、风格和色彩都无法原封不动地展露出来，旁人能看到和体味到的，不过是缝隙中漏出的一点光而已。我们看到的丽，生活是惬意的，老公对她宠爱有加——那个动不动就操起棍棒的男人，或许真的只是个传说。传说有时候是空穴来风，有时候仅仅是捕风捉影，听过就可以，不用放在心上。不仅是老公，公公婆婆都很疼爱丽，从没让她做过一顿饭，洗过一次衣服，连地都不叫她扫——当然，这些事，都是做婆婆的在与旁人闲聊时顺带说的，丽是从不跟人说些什么的。至于是不是真相，或者真相的概率多少，依旧不是我们所关注的。我们只知道，丽像个公主，被婆家人集体宠着。总听人说，人是被宠坏的。丽好像并没有被宠坏，她的形貌没什么变化，性情也没什么变化，好像一切的好或者不好，通通都被压着，在她身上，根本就发不了芽更开不了花。就这样过了两年，丽的孩子两岁了，是个女孩。丽的老公兄妹三个，大妹比丽小两三岁，高中没毕业，竟也结婚，生子，有点赌气似的。后来听人说，是嫌父母对丽太好而忽视了她，所以高三上学期，偷拿了家里户口本，糊里糊涂的跟人领了结婚证，生米煮成了熟饭，只能退学。在父母的操持下，进了不知哪个单位，却也并不见很领情，除了逢年过节，极少回家，可见心性是极高的，若是真的针对着丽，那也是真的恨之入骨了。

男人家自然希望丽能生个男孩，毕竟儿子只有一个，有孙子就能承接香火——那时比不得如今，对生男生女没那么看重，反正不管男孩女孩，最后能用来养老防老都没那么可靠。那时重男轻女的思想不分城乡，嫁出去的女儿泼出去的水这种观念还是很盛行的。儿子，才是一个家庭的固本之源。丽生了女儿，公公婆婆虽说有点失望，但到底是公家人，倒也没表现得太明显，把希望寄托在二胎上，毕竟生儿生女，不是女人掌控得了。女孩长得像丽，好看，乖巧，很惹人喜爱，一家人真的很欢喜，不知道怎样来爱了，正应了那句话，捧在手里怕摔了，含在嘴里怕化了。公公婆婆对孙女的呵护，与对丽的宠溺是不一样的，不用对外宣扬，我们都能看得到，这是一束没有任何遮掩的光，任着它毫无保留地宣泄。丽的地位似乎并不受女儿出生的影响，她还是一副单纯妖娆的模样，爱打扮，爱出去玩，走路摇来摆去，风吹杨柳般，极尽风情。丽爱玩是一贯的，她的舞跳得好，当时很流行交谊舞、迪斯科、太空舞、霹雳舞，据说丽只要看过，不用人指教，上去就能跳。会跳舞的女人本来就引人注目，何况丽还是个长得漂亮、眉眼间自带风情的女人。那时陌生人之间的搭讪虽然直接，但直接中多少还有些保留，羞羞答答，半遮半掩，不像现在，再长的距离也能借着暂不谋面的掩护变得没有距离，谈情、挑拨、说价，直至其他，貌似的遮挡，实际一览无余。

我只能依赖于小说里的描绘完成丽被许多男人追捧的场面，因为我实在没有足够的经验想象和描绘出更多的细节与画面——唯一的经历是在高考前夕，小城正是霹雳舞的巅峰时期，我偷偷去了舞场。说是舞场，我并不清楚里面究竟是做什么用的，反正不用买票，进去之后才发现里面是个厅，围了一圈人，厅中心是好几个人在斗舞。我踮着脚从前面的人头缝往里瞅，依然看不清那些舞者的面貌。我没经历过全场呼啸的场面，置身其中，竟有种莫名的兴奋，好像自己已是舞场中一员，抛却了平时的谨小慎微，和他们一样尽情释放被禁锢的天然个性。我的血液随着众人的呼叫（而不是场中的舞蹈）而沸腾。即便这样，我还是很收敛，只是偶尔惊呼一声，没有狂热地喊叫，虽然我也很想跟着人群跺脚呐喊，跟着咆哮。尽管我在父母眼里叛逆、顽劣，但源自传统家庭的教育让我依然没法跳脱早被框定的行为模式。热血还在沸腾中，我直觉自己会在某个时刻像身边的人一样，冲破樊笼，冲破内心的恪守，撕裂嗓子，燃烧起来，飞翔起来。情绪是需要渲染和带动的，我快要进入忘我的境地时，旁边伸过来一只胳膊，一下子搂住我肩膀，把我从人缝里扯了过去，说，兄弟，这边来。一个陌生男人自以为的好心顿时破坏了我独自沉浸在欢腾里的快乐，我慌乱地挣脱他胳膊的同时，心里泛起一丝厌恶。我没有理会他的好心，或许是发现我的短发并不是他可以以“兄弟”称呼并熟络地搂过去的理由。惊吓之余，我迅速窜出人群，逃离了还没完全融入的喧嚣与沸腾。一个人行走在昏暗的街道，我惊觉自己依然是那个紧紧地收住自己，并不能向陌生环境、陌生人打开的那个外热内冷的少女。而且这种羞怯、惶恐一直伴在我的性格里很多年。只是，很少有人发现，曾经顽劣、大大咧咧、随性和开朗的我，其实敏感而卑怯。

所以，我无法领略丽的风采。内心里从来不曾释放的那头兽，长期的禁囿使它已失去野性，温顺地低伏在越来越狭小的岁月之野，直至最终衰老与消弭。我仅仅能感受的，是与她外表不一致呈现的高亢与桀骜，被温暾生活埋没的激烈与渴望以井喷的方式爆发。

这时的丽越发光彩照人。她的神态里，并无为人母的那种慈爱光芒，倒像是成长过快的中学生。我很少看到她与孩子一起，偶尔遇到，大都是她兀自在前面走着，孩子略显蹒跚地跟在身后，像萎缩的影子。反而是她老公，时常抱着孩子东游西荡，见识着能传递给孩子的一切人情事物，也坐实了他们对丽全方位的“宠溺”，似乎正应了多年后在网络上流行的一句话：我负责赚钱养家，你负责貌美如花。

如花的丽确实令人羡慕，她的花容月貌、婀娜身姿，生活得惬意而悠然，该是很多女人向往憧憬的模式。

大约在丽的女儿四岁那年，关于丽的很多风言风语传出来了。这时国家对粮食的管控已经放开，几个街角出现了小小的私人粮店，不见得比国营粮店的东西便宜，但种类繁多，并不仅仅限于米面粮油，而且还可以略做些讨价还价，不只是方便，也符合小城居民对日常生活的精打细算。粮店开始没那么红火，粮管所的冲击更大些，那些小粮店的粮食来源多是外地，并非从粮管所批发的。这大概就是国营单位的尴尬了，他们习惯了国家对粮食的统筹，习惯了一成不变的价格优势，还不能灵活地对市场做出应变。粮管所的效益日薄西山。丽像很多人一样，被动地开启轮班的模式，一夜风雨大厦将倾，她从忙碌中忽然变得无所事事。原以为，隔三差五才上一天班的丽会把更多的时间放在家庭上——相夫教子是女人的美德——一直以来，我们受着这样的教育。小城的跳舞热慢慢冷却下来，丽不再去几个舞厅奔忙。一开始她的家人就不喜她天生的舞感，这种在某种场合自带光芒的技能，对已婚的女人却更像是一个陷阱，掉进去轻而易举，爬上来则要大费周章。在小城的人看来，无论哪种舞蹈都是一种纯粹的、肢体的欢娱，无关追求，更无关艺术。这种想法在 20 世纪 80 年代末的小城非常普遍，虽然那时候人们的意识形态领域已被各种外来的思潮浸淫和占领，但那是和风细雨的浸润，并非疾风骤雨式的直接改头换面。时代的潮流与传统的观念在最初的相逢中有些尴尬，泾渭分明的路数，却偏要彼此携手与融合。丽该是用了很大力气才摆脱各种羁绊吧，她想不到舞出来的华丽像夜空绽放的焰火，辉煌的瞬间也注定了沉寂；

亦如盛开过头的玫瑰，花瓣枯落，花蕊凋零，唯余香，若有若无。但后来，那余香也没有了，或者被她存储在心底也未可知。丽萎缩了，看起来再无飞扬，曾经那一世无忧的样子，消失在云端。她神情里的恍惚越来越厚，以致她与生俱来的那种明媚妖艳都附上我们一眼可辨的阴翳。我们再逢对面时，我多了几分主动，她却是到跟前快擦肩而过时，才惊觉，脸上来不及溢开其他表情，一副还没从呆愣中拔出来的模样，等她慌张地回应时，我们已错开了身。

我不再是那个内心被锈住的女孩，骄矜、佯装都完全属于了过去。丽迟钝的回应仍像水滴般润泽，我怕辜负，回头再次向她微笑、招手。原来这一来一往，竟是几个春秋寒暑。此时我已成长，在谈婚论嫁；她未凋零，依旧鲜亮娇艳，却不复明朗。人的变化是日积月累的，丽又积累了多少不欢，她明艳的外表下，有着怎样不肯与人言的忧虑与愁绪？

我妈退休早，与一帮没事可做的女人集结在一起，打打牌，聊聊天什么的。女人嘛，闲下来照顾自己的家庭，也对家庭以外的人和事倾以热情，很多时候把自己置于他人的事务之中，明明诸事都管不了，却偏偏诸事都要带些个人好恶或者情绪评头品足一番，本无风雨的事在一些人的口中就是风雨大作了。有关丽的话题，自然成了热点，妈把听来的原封不动地传播给我们。丽并不仅仅是工作发生了变化，还跟一个男人打得火热。那个男人是个老师呢。妈说时，一脸的神秘，还带着些不可思议，不知道是对老师这个职业的兴趣还是对男人为人师表的质疑。丽的老公听到风声之后，逼问过丽。丽并没有像以前对一些捕风捉影的谣传一样坚决否认，她哭得死去活来，让老公举起的手放了下来。他抛下对丽的怒气，跑到学校去找那个被丽的眼泪浸泡过的男人。谁知却被那个男人推得一干二净，丽一心执守的情感只不过是云烟。丽傻眼了，她去找男人确认，男人避而不见，他的老婆却应声而出，凶悍地跃马上前，跟丽交了一场保卫婚姻的恶战。丽的舞步自信，交战却不懂防御，灰溜溜落败，身上带着数道抓痕绝望而去。丽只是外表像个王者，骨子里却依旧是个青铜。

那个男人，不仅仅是丽的老师，也是我的老师，早年的上海知青，大女儿跟丽的年龄一般大小。老师因了注重健身，体格还显灵活强壮，没有很多那个年龄的男人该有的暮气。可我无法理解，一个脸色黧黑，样貌毫无可圈点之处，再过几年，或许便是一副暮色苍茫的男人，怎么会让丽心动、投怀？当我的审美已经成长到能够接纳和欣赏丽身上所具有的各种风貌与形态时，却发现她对情感的判断与审视的缺憾——我总是慢一步释放对丽全面的好感，换句话说，我总是不能够完全接纳丽。

丽的婚姻在动荡之中。当我妈很惋惜地再说起丽时，总是丽与她丈夫又经历着一次战争，并带着无可避免的战后创伤出现在大众面前。丽还是不太会说起自己生活，但她的安静善良也掩盖不了那些新旧伤痕，它们比语言更有力地击穿了她曾经的幸福，也证实了她丈夫沉淀下来的特性，那些被时间掩饰的传言，终于有了崭露头角的机会，并逐渐显露狰狞的本色。一个幸福的模板断裂了，我不知道被粉碎的是女人的向往，还是男人的希望！

丽不肯继续委屈下去。一心投入的爱情失去她想象的模样，婚姻不再是大众眼里的光彩，她便不想再维系门户的当对，也不愿迁就父母的颜面。婚姻的概念在她心中逐渐淡化，她发现自己其实并没有真正享有过爱情，她和她老公，不过是在做着所谓的门当户对、符合大众口味的各种粉饰，然后把粉饰过的生活呈现出来，熨帖着周围不断投来的审视、打量和艳羡的目光。只是大家都用力过度，透支了气力，未免最终疲惫，露出里面的破败之相。就好像没有了灯光的舞台，一群人在暗黑里，无人探视到他们的神态与动作时，表情会松动，动作也未免懈怠。

那段时间，我常在某个街角看到丽，她倚在一面墙上，一副无所事事的样子望着远处发呆。眼前的人来车往都不能把她从那种呆愣迷离的状态中拉扯出来。我刻意从她面前过去，微笑着，像数年前她从不吝啬给我笑容一样。丽的眼神无力地飘过我，如同掌心不经意间拂过的发丝，重又飘回远处——她不是对我迎向她的笑毫无反应，她根本没有认出我。我心里忍不住泛起酸涩，这个女子曾经多么明艳、娇媚、性感，那些附着在她身上的美好或许依然存在，但在无关的众人眼里，却像肥皂泡般，带着虚妄的色彩，骤然散裂。

据丽的婆婆说，她天天在挽留丽，给儿子做工作别纠结丽已经过去的错误，年轻人谁没有犯过错误呢，她让丽看在孩子的份上留下。

婆婆能说，也会说，她即使是对丽有几分抱怨，也不肯明枪实剑地说，而是采用先扬后抑的办法，口气里也是带着几分疼爱，最后说丽还需要再成长。听到大家的耳里，是八分恳切，两分希冀，越发增加了丽在婆家的分量。丽的公公毕竟做过企业的领导，在外人跟前，总是一副不苟言笑、严肃端庄的样子，我们很少看到他放松地与人拉家常，说笑话，虽也不和丽说什么，却总在儿子和儿媳起争端时，暴喝儿子，甚至随手捞起身边的物件，凳子、椅子，桌上的碗、杯子直接抛扔过去。婆婆的说法像是证明一家人的诚意，大凡女人出轨，很多时候最不能接受的应该是公婆，现在连公婆都能原谅对家庭背叛的行为，可见对丽是真心不舍的。但公公的怒气似乎也从遗传的角度印证了丽丈夫性格的暴戾。

作为旁观者，这个时候没有人愿为丽说些什么。一直收获好感和赞扬的丽，被群体默契地回收好感，在这场风波里，她独自在旋涡里挣扎，那些看似要伸出去握一把的手，实际并没有伸出太长，是防备着快要被丽不由自主抓住时能自如闪躲的姿势。小城人的观念还传统保守，没那么开放的意识，使大家不约而同地站在了丽的对立面，不愿赋予同情，即使知道丽本质善良、安宁，并非她妖娆的外表所表现出来的轻薄、肤浅。每个人的内心都有不为人知的东西，但没有人愿意在无关自己的时候表现出与群体不合的善意。

丽失去了四面八方的依仗，她不强势，还没想好失去一切之后的生活。父母的劝导，婆婆的挽留，孩子的哭声，老公收起拳头的痛哭与哀求，丽茫然后终于不再坚持，既然是自己毁了安宁的家，那就继续用承受来接受走错路、做错事的惩罚吧。

丽偃旗息鼓。我不知道她是因为孩子还是其他不能割舍的东西。或者，哀莫大于心死，她的挣扎无济于事，世俗是一面高大而布满荆棘的墙，她只不过试图翻越而已。

日子貌似回到了从前，还是那个光鲜亮丽的丽，走路依旧摇臀扭胯，只是，幅度很快，少了之前的慵懒之意，脸上也不再挂着盛开的花朵般恬静的笑。遇有人招呼，她的脸上淡淡的，回应也淡淡的，好像一夜之间被风沙夷平的地，没有过往的繁华，只剩下连绵的静寂。很快，丽有了二胎。

除了相遇时更为主动地展示热情外，我亦不再过多关注丽，日子过得粗疏，谁也不能一味去拿他人的生活来滋养自己，那需要更大的力气和精神。结婚，怀孕，生孩子，与丈夫两地分居，我努力让自己在狭小的生活通道里过得不慌不忙，至少看上去不会有人觉得我草率与唐突。青春时期的叛逆和外表呈现的特立独行，被时间改变；被掩饰良好的内心深处的惶恐与卑怯，也让细微、繁杂的生活冲刷得荡然无存。我身上生长的细细小小的尖角，像营养不良的某种生物，未待成长便已夭折。

丽什么时候离的婚，我一点都不清楚。只知道她又生了个女儿，生过二女儿之后，调离了单位，具体去了哪儿，无人说起。又过了两三年，丽忽然开始频繁地出现在我家，是跟大嫂来凑一桌麻将的。小城的人爱打麻将，人多，什么时候都可以凑成一桌，所以，任你在哪个区域出现，总可以听到敞开的门里传出的哗哗洗牌声。不必讶异，小城里的人会用各种方式打发时间，麻将是最常见的消遣方式，适宜成年以后的各个年龄层。在丽频繁出现我家之前，大嫂一个拐弯抹角的表哥也时不时在我家出现。表哥没有正式工作，用我妈的话说，是个二流子。但二流子偏偏长得人模狗样，抛家弃子地在外混日子，他靠什么混得风生水起，连大嫂都说不清楚。二流子表哥能说会道，巧舌如簧，丽很快被吸引，听不进人劝。当一个人自以为有足够的精神准备去应对未来的种种时，再多的提示肯定是无用的。

数月之后，丽扔下工作跟表哥结婚，回了表哥乡下的家里。成为乡妇，是需要勇气的。丽或许以为她低下的身段，是滋养爱情的养分，她忘了有个词叫“飞蛾扑火”——她只是一只舞姿翩跹的飞蛾。她以为扑向的是触手可及的光芒与新的生活。但火却是邪恶的，它不过是充满诱惑的假象。生活的严酷就是你永远也不能想象前方等着你的是什么。丽不能适应乡村的生活，她更无法忍受来自包括新老公家人在内的村人各种异样的眼神和言语，还有老公的冷漠与禁锢。她一次次逃回自己的家，却一次次被老公连哄带骗又拖了回去。丽的小女儿已经跟着大女儿到处跑了，看到丽，大女儿远远地望着，这是个小美人，有着和丽越来越相像的容貌。小女儿不管不顾飞扑上来，抱住丽的腿喊“妈妈”，她本来就由丽带着，只是丽再婚的时候，又被前夫家带了回去。两家挨得近，也没有老死不相往来的必要。丽该是有悔意了吧，她以为冲破了婚姻的樊笼会寻找到更有激情的生活，却不想生活又给了她一次痛击。她以为的爱情成了死穴，她的婚姻成了死穴。

她，无路可走。

等我结束两地分居的生活，从新疆回来，世上再也没有了丽。那个饱满、生动、明艳、带着些妖媚气息的女子，结束了自己。没有人告诉过我，她是以怎样的方式，决绝地离开了这个曾被她修饰和软化的世界。

童年的午后

那时是一个静静的午后。奶奶在东厢房躺着，我几进几出东厢房，甚至毫无心计地拍了几下东厢房的门，大声地喊过几声奶奶。奶奶并没有像往常一样被我吵醒，一边骂着“叫魂哪”一边从床上爬起来，吆喝着我，颠着小脚把我赶出她的房间。我家在村口，放眼望去，是连绵的稻田，稻田的中央，则是条实在说不上宽畅的大道，平常日子里，大道虽不见得繁华，却不断有人经过——那就是一条通往外界的道路。那个午后，道上离奇的静寂，我几乎没有见到一个人从门前走过。我寂寞地坐在大堂的门槛上，双手托着双腮，无思无绪地望着远方正旺盛地生长着的庄稼。不时有寥寥的风从面前飘过去，传递给我丝丝缕缕的庄稼即将成熟的气息。这种气息使我无比的忧伤，六岁的我守着这样一个寂寞的下午，体味着莫名的与我年龄决然不般配的忧伤。平日的疯狂像屋前十几米外的水沟里细长的水草，在温婉的秋阳下，沉着地岿然不动。偶尔几声犬吠和伙伴们的尖叫在耳畔隐约响起，如同失去魔力的咒语，对我构不成一丝诱惑。我没有意识到那个午后有什么不同，我只是不想出去，哪怕是如此寂寞地守候在大门前。以我当时的年龄和意识，我断然不会想到就是这样一个死寂的午后，奶奶已经去世了，我是家中唯一守着她却没有守住她的亲人。

我极度无聊地发着呆，面对东厢房，忍不住又过去拍了几下敞开的门，以一种从未有过的渴望等着奶奶从床上爬起来，说那句我听过千遍的话：你喊魂哪！每次听奶奶这样说时，我就忍不住想，魂究竟是个什么样的东西，它真的能喊出来吗？如果真的能，我能不能把所有人的魂都喊出来，那么多的魂在一起，是不是和无数聚集在一起的人一样，它们也会争执甚至会打架吗？魂长什么样？它是丑还是漂亮，大还是小？年少的我，根本不知道魂是很抽象的物质，它只存在人的意识中，是人精神深处的一种东西。我在咀嚼着奶奶的这句话时，用姐姐的话来说，是一副十分成人化的表情。

我在家里相通的每个房间里窜来窜去，一般很难独自待在家的我居然没有动出门的念头，冥冥之中好像有一股力量将我拴在了家里。当我成年后，每一次回想起那天下午的情景，都会泪流满面：我想那其实就是血肉相连的亲情的羁绊！和奶奶嘴里的“魂”一样，是无法很具体去物化的。

奶奶没有被我惊醒，依旧安详地躺着，置我的期盼于不顾。我想奶奶睡的是太熟了。我很沮丧地站到奶奶的房门前，穿透屋里淡淡的昏暗，愣愣地看着躺在床上酣睡的奶奶。奶奶的屋里有一股轻浅的腐朽的味道，屋里没有窗户，完全靠着屋顶几块陈旧的玻璃瓦透过几丝光亮。每到黄昏，我就不能进奶奶的屋，那里面完全的黑暗让我心生惧怕，而奶奶凭着她对屋里摆设的熟悉，不到天完全黑下来是绝不肯点亮煤油灯的。屋里没有我习惯的奶奶拉长的鼻鼾声，阴冷的气息使我只敢趴在门槛上，倚着门陪着此时跟生命再无关联的奶奶。

父亲是接近黄昏才到家的。父亲当时是公社的一名干部。公社离家很远，大概有二十里吧，还要翻越一座小山。那时候，在农村的唯一交通工具就是独轮车，但独轮车并不能给像父亲这样的男人带来什么方便，除了运送货物、粮食，就只能推着像奶奶这样的老人和我这样的孩子了。父亲每天都要从公社回家，除非工作需求，否则，不管多晚，他都不在外面过夜。父亲是个孝顺的儿子，他对我和我的哥哥姐姐们很严厉，可对奶奶，却低声下气，从不敢像我们一样偶尔在他和妈妈面前还要耍小性子发个小脾气什么的。在奶奶面前，他永远是花开不败的春天，温暖得没有季节的更换。

因为在公社有个很大的合作社，父亲就时不时从合作社给奶奶买一些我和哥哥姐姐们都没有吃过看上去十分诱人的食品。但他常常是瞒过我们，偷偷地给奶奶，大概是怕我们不懂事，跟奶奶争了吃吧。那样的年代，能吃的零食是少而又少，能从合作社买回来的东西，一定是家庭的奢侈品，当然容不得一群人数张嘴的吞食。我不明白奶奶是不忍一气儿吃完还是不舍得吃完，我总是能在窜进她屋时发现她的食品。于是，我神秘兮兮地告诉哥哥姐姐，然后我们又一起摸进奶奶的屋里，用手蘸点或掐上一小块跑出来，喜滋滋的。也有奶奶正在吃的时候被我闯进去撞上，奶奶便一把拉过我，往我嘴里塞上一团甜津津的东西，并告诫我不要乱说。我一边吃一边"唔唔"答应着。可吃过后又十分忍不住地跑到哥哥姐姐面前炫耀。通常是哥哥姐姐的嘴随着我的炫耀不停地嚅动着，"咕咚咕咚"口水吞咽的声音比赛一样此起彼伏，绝对壮观。

事实上在我记事开始，我就知道奶奶不喜欢我们兄妹四个——不是我们对她不孝顺，是她不喜欢我母亲。在奶奶的意识里，是母亲夺去了他唯一的儿子。可实际上，父亲母亲的关系并不怎么好，父亲的全部心思都放在了奶奶身上，对母亲就像对待一个毫不相干的人，冷淡又霸气。母亲当时在外地工作，总想让父亲调到她那儿去，可奶奶死活不愿离开老家。奶奶对父亲说，要去你去，不要管我，到你老婆那儿比留在我这把老骨头身边自在。我生死就这样了，苦了多少年了还怕再苦这剩余的几年吗？你去吧去吧。奶奶说完再不吭声，任父亲说什么也不理睬，最后父亲泪流满面，跪下说，妈，我不走，我就待在你身边侍候你。

父亲不走，也不让母亲把我们带走，他说要我们在奶奶身边好好陪着奶奶。为此我的哥哥姐姐们只能在离家有六七里地的大队上学，每天来回还要穿过一片树林。有一回，我死乞白赖地要二哥带我去见识见识他的学校，二哥没有办法，便只好领着我。那一片茂盛的树林虽然充满鸟语花香，可那四周无人的空旷却让我胆战心惊，以致我还没有走到学校便哭开了，而且一直哭到二哥不敢再带我往前走了，只好折回头又把我送回了家，当晚我便发了一场高烧。妈妈那儿有很好的学校，还不用多走路，但我们却因为奶奶去不了。然而，我们的被迫牺牲却没有让奶奶领这份情，依旧时常为一些鸡毛蒜皮的事把我们骂得狗血淋头，奶奶经常颠着她的小脚，碎碎的步子出其不意地站到我们兄妹某个人的跟前，一伸手，拎着谁的耳朵，像拎着小狗小猫似的。

比较起来，在我们兄妹四人当中，奶奶对大哥最慈祥，最不喜欢的是姐姐。但我们兄妹就数姐姐最为孝顺，也最懂事，家务活干得最多最累。大哥很有些小聪明，所以他干什么都有个道道，换句话来说，就是干什么、不干什么都理由十足，凡事都比我们机灵，不仅能偷得到懒，而且不会被奶奶指着骂。除了大哥天生的这份机灵，也着实因为他是我们家的第一个男孩，比我们多享受很多来自长辈的关爱和宠溺。而姐姐在奶奶眼里就不一样了。姐姐没有大哥那般有眼色，她心眼实，从来都是把父母的话放在心上，在家里也尽心尽力地帮着奶奶干活。奶奶说属羊的女人命苦，她就是属羊的，而姐姐恰恰跟奶奶是一个属相，奶奶因此而特别不喜欢姐姐，觉得姐姐苦命，以后会拖累我的父亲。

姐姐是家里的老二，其实是一个很美丽的女孩子，而且学习也是我们兄妹中最好的。那个时候她在学校经常跟着学校的演出队去外村演出，当然那时也只有唱样板戏，她唱的是《沙家浜》里的铁梅。母亲每次回家时总是嘱托姐姐把我照看好，姐姐很认真地听从着母亲的话。每当她出去演出时，我都会闹着要跟随着她去，奶奶为图清静也不太肯留着我在家，就让姐姐把我带上。于是，姐姐就哀求着性格内向、从不多话的二哥跟着她去看戏，二哥和姐姐的关系很“铁”，他躲不开姐姐的央求，只好无奈地拉着我的手跟着姐姐走了。但到了姐姐演出的地方，只看了一会儿，我就熬不住了，而二哥又不会哄我，到了这时候便很热闹，姐姐在台上亮着嗓子唱戏，我在台下声嘶力竭地号啕，二哥则在一旁一会儿大声训斥我，一会儿跟着我流着眼泪大声喊着台上十分投入戏中的姐姐。这时周围的群众十有八九不再看台上的戏了，反倒是我和二哥成了他们观看的主角。姐姐这时候就没有心思唱戏了，我不知道她有没有唱错，却记得有一回台下的哄然大笑，不是笑我和二哥，而是冲着台上，台上的姐姐泪流满面。

奶奶不喜欢姐姐，她并没有多少光芒的眼神其实太有穿透力了，她几乎看清了姐姐的未来。姐姐后来的命运确实诠释了奶奶的判断，属羊的女人命不好，她上学只上到了初中二年级便为了照顾我的生活而辍学了，当时学校的老师为此十分遗憾。奶奶却是高兴的，她觉得女孩子没必要读那么多书，最后总要嫁人的，读的书不是都给了别的人家！可惜那时年少懵懂而且顽劣的我并不懂得珍惜，反而觉得因为有了姐姐的看护和照料，便失去了之前天马行空的奔跑自由。所以经常和她吵架。吵完，还要算定在父亲回到家的时间范围里开始莫名地哭泣，断断续续，以使回到家的父亲能看到我的泪水，知道我受了多大的委屈。我也不知道自己小小年纪，怎么就会动那样的心思。不过，我也有失算的时候，那就是父亲下村去了，回到家都差不多半夜了，我是在抽泣的期盼中睡着的。姐姐很多时候是护我的，我止不住的哭虽然让她又气又烦，可最后她手足无措时常常是跟着我一块儿哭，我们俩像比赛谁的眼泪更多似的。也许人一生的命运果真是天定的，姐姐的爱情和婚姻生活中充满了坎坷与无奈。

当然我们也都知道，奶奶不喜欢我们是因为母亲。因为她不喜欢我母亲，所以奶奶对我们的感情偏离了正常的轨道。倒是姑姑家的几个孩子，奶奶是舍不得的，一来便要将父亲和母亲回家带来的一些吃食悉数拿出来，最多的是水果糖，我们只是偶尔能讨来一两颗，而姑姑们的那些孩子，却几乎是要揣满口袋的。奶奶老说我们吃得多了，其实除了我因为年纪尚小，仗着得了父母的宠，争起东西来或是哭闹起来硬是一副死不要脸的样子，还能达到目的外，哥哥姐姐们没有我这不管不顾的狠劲，实在沾不上什么边。更有家里父母置备下的很多物件，姑姑们总是借口我们家没有人种地或是不常在家而把各种东西都拿走，小到家里的农具，大到桌子、椅子，甚至堆在堂间父母亲买下准备翻新老房子的木料，父亲每月给奶奶的钱，名义上是“借”，但从来只有借而未有过还。有时候，母亲问及这些事时，奶奶就要发很大的脾气。奶奶的脾气并不冲着母亲来，但父亲和母亲间还是会不可避免地有一场战争。这是很多年以后母亲对父亲仍耿耿于怀的原因之一——父亲只顾及奶奶的感受，而从来不曾体恤过母亲在一个家庭被忽略被轻视的感受。

我至今都不明白，奶奶为什么不喜欢我的母亲，父亲和母亲的关系又为什么一直不和。我父母的婚事是奶奶一手操办的，他们在结婚前甚至没有见过面。父亲那时还在部队，奶奶就在家乡给父亲物色对象。长相俊俏的母亲在看了媒人拿来的父亲着军装、十分帅气的照片后，毫不在意父亲贫寒的家境，答应了这门亲事。母亲在选择这段婚姻的时候，并没有想到日后和父亲会相处得那样艰难。那时军人的职业是那样光荣，母亲对军人的盲目崇拜迷惑了她。我想我后来就是遗传了她的这份爱好，所以也选择了一个军人作为我的丈夫。但和母亲不同的是，我和丈夫之间的爱情是她和父亲从来没有存在过的。父亲也只是看过母亲的照片，不过这时奶奶已经替父亲定下了这门亲事，他没有选择的余地。父亲后来转业到九江一家中型棉纺企业后，母亲在我一个姑父的护送下，到九江和父亲完了婚。一段充满了硝烟的婚姻由此拉开了序幕。

母亲在父亲所在的那家企业当了临时工，她每天不但要努力地去工作，回到家还要悉心照顾我的父亲。父亲是个事业心特别强的人，每天只休息四五个钟头，余下除了吃饭的时间就都“粘”在了厂里。而在家不长的时间里，他又特别的大男子主义，动辄便用他在部队上的一套来训斥我的母亲，说母亲思想放松，行为懒散，丝毫不顾及母亲厂里、家里两头忙的辛苦。后来，母亲怀了大哥，妊娠反应厉害，总想找些酸辣的东西吃，父亲不懂得体恤也就罢了，却说母亲打着怀孕的幌子好吃懒做。听到这样的话，可想而知当时母亲的反应，母亲气得差点儿去做了人流。好多年以后，我都有了女儿，母亲仍会说起这些往事，父亲在一旁听着低了头并不说话，但听母亲像控诉黑暗的旧社会似的，还是忍不住和母亲犟起来，不停地翻着白眼看母亲，用鼻子“哼哼”，以示他的抗议。于是我和姐姐就一齐冲着他说就是他的不对和大男子主义。父亲早已不轻易跟我们发火，却也不和我们争辩什么，又顶不住我和姐姐都站在母亲一边，便甩着手走了。这时的父亲已经被生活磨砺得再没有他从前的暴戾。

母亲的前半生是很少得到父亲关怀的，更不要说是一个男人的柔情。只有长大成家后，我才能体会母亲前半生那深深的寂寞和悲哀。母亲生下大哥，坐月子的时候父亲把奶奶接去照顾母亲，但奶奶却将别人拿来的鸡鸭鱼肉都做给父亲吃。父亲没有洗过一次尿布，月子还没有结束，他就要求母亲洗衣服、尿布，也就是那时，母亲落下了手一浸凉水便发烫的毛病，而且这毛病伴随至今。母亲生下姐姐的时候，父亲已回到老家。父亲是为奶奶才调回来的。刚开始，父亲在县城近郊的一个林场当副书记，母亲是县新华书店的售货员。那时父亲母亲的生活是艰难的，因为一切都要重新开始。他们没有房子住，在乡下一个叫梅林的地方租了房，姐姐就是在梅林出生的。应该说，父母的关系在这个时候已经有了一些改善，因为母亲没有反对父亲回家，而且毫不犹豫地放弃了她在九江那家棉纺企业转正的机会，这或许使父亲有些感动，让他对以往的一些行为产生了愧疚。好景不长，随着奶奶的到来，父亲和母亲的关系又恶化了，简直到了水火不容的地步。奶奶看不顺眼母亲的任何行为，对母亲从不给好脸子。母亲由最初的忍气吞声到忍无可忍——生硬粗糙的生活本来就把她的柔软与温情碾磨得所剩无几，她变得暴烈和强硬。母亲和奶奶的战争就像灰烬中的暗火，微微一点风势便能使慵懒的火苗重新聚集能量，一次次熊熊燃烧。我们那个小小的家便一直在风雨飘摇中。没有来由的猜忌，毫无情理的争执和争夺，让母亲绝望，也使奶奶寒心。母亲却任由着绝望蔓延。奶奶则要寻死寻活，她坐在地上一边号哭一边大骂父亲不孝，痛斥父亲不顾她怎样含辛茹苦地把他养大，反使让她遭到媳妇的欺辱。父亲不辨是非，也或者在奶奶面前，他永远不可能去辨是非，将母亲痛打了一顿。奶奶或许并无心离间父亲和母亲的感情，她只是需要父亲成天站在她的身后，像从前一样成为她生命中不可分割的一部分。姐姐和二哥出生的时候，奶奶再不肯来照顾母亲，说是月子，其实母亲的月子也只是坐了几天，几天之后，家里的很多事都由她亲自来打理。在母亲的眼里，奶奶总是在她最需要帮手的时候不肯靠近。她或许可以不计较奶奶对她的强势与不妥协，却不能原谅奶奶抛弃她几个需要照顾的孙子孙女，所以等到奶奶以一种新的气势从老家再来到父亲家时，母亲就不再任由奶奶对她的挑三拣四，她与奶奶在不甚开阔的家庭气氛里互为陌生人。奶奶心知和母亲的关系再也相处不好，便执意要一个人回到老家。父亲挽留不住，只好随奶奶去了。后来为了照顾奶奶，父亲与人换了单位，调回了老家的公社。这次母亲坚决不随父亲了，她能想象得到回到老家后的日子不会那么太平，她大概会像一只被困住的飞禽，再也不能将翅膀展开了。父亲说服不了母亲，只好带着尚且年幼的哥哥姐姐们回到了奶奶身边。

其实母亲离乡下老家也不算太远，坐上一个多小时的汽车再走上半个小时的路也就到了。刚开始母亲每个月都回家一两趟，后来因为经济方面的原因就将每个月的假期攒下，攒足十天或半个月，她就回家待上一段时间。

我是唯一在乡下老家出生的孩子，也是母亲生孩子唯一受到奶奶照顾月子的一次。母亲并不是一块冰，她能从奶奶的善意中感受到温暖，对奶奶的怨气因此消退了不少，对奶奶也知冷知热的，两人的关系一下子从零度上升到零上三四十度。

父亲是独子，但我有两个姑姑，最小的姑姑也就是我父亲的妹妹嫁到离奶奶家不到两公里的地方。小姑姑的家在当时的农村应该算是小康，因为姑父养了一群鸭子，鸭子给他们带来了不少经济上的补助。但即使这样，小姑姑每次来奶奶家，仍恨不得把奶奶家翻过来，她几乎把家里能用得上的、好一点的东西都“借”走了。母亲自然是要问起这些东西的下落，奶奶便急了，恶声恶气地说家里面的事用不着她管。母亲亲手置备的东西心疼是免不了的，后来见了小姑姑就忍不住讨要，小姑姑就在村里到处说母亲刻薄，说了母亲许多坏话，弄得母亲在村子里几乎都抬不起头来做人。母亲在奶奶家的处境是十分尴尬的，而父亲对此视若无睹，从来没有宽慰过母亲。父亲是个亲情浓厚的人，前半生的母亲或许还游离在他的感情之外，所以，对于母亲的辛苦和艰难，他无知无觉。母亲减少了回家的次数，孤独地在外面生活着。

父亲一回来我就告诉他，奶奶睡了一个下午了，我喊她也不起来。父亲没听完，一手将我拨开，跑着进了奶奶的房间，紧接着，一个很沉闷的声音从奶奶的房间响起，那是一种像什么东西破裂了一样的声音，然后那声音又像是被迅疾地收回扔在了某个角落里，弹起又落下又被弹起，这样反反复复。

那声音十分惊人地传到了我的耳朵里，我以一个儿童的好奇和敏捷迅速地冲进了东厢房。

屋里点了灯，父亲坐在奶奶床边，脸上的五官很奇怪地扭在了一起，像是我看过的变戏法的一样，十分滑稽。那种沉闷的声音正是父亲发出来的。我惊奇地看着父亲那张扭曲的脸，只见那张已布满了许多细琐皱纹的脸上像一块久遇干旱的土地又遭遇了洪水一般，沟沟壑壑里都填满了泪水。我被那张脸震撼住了，立定在父亲的身边，竟久久不敢动弹，更不敢多说一句话。过了许久，我的目光才从父亲的脸上移到躺在床上的奶奶脸上。奇怪的是，奶奶的眼睛却是瞪得大大的，目光直直地不知落在哪个地方，在她黝黑的脸上显得十分空洞。我从来没见过奶奶这个样子，心里很害怕。我看了看旁边自顾自坐着，依然一副展不开五官的父亲，怯怯地伸出手轻轻地推了推奶奶的身子。奶奶的身子僵直着，我的手却感觉到了从奶奶身上散发出来悚人的冰凉之气。那时的我并不知道那其实就是死亡的气息，更不知道那些分散在父亲脸上，致使他五官不匀的东西就叫作悲恸。父亲无视我的存在，而我又被奶奶吓坏了，便顾不上害怕父亲，一头扎进他的怀里，放声大哭起来，喊着“奶奶”。父亲抱着我，脸上的泪水漫延过他的脸淌到了我的头上、身上，全然没有他平时的威严。我被父亲从嗓子里发出来的那种声音笼罩着，恐惧加上压抑，让我没法止住泪水。

我只能说，我当时并不十分清楚奶奶是去世了，因为是第一次目睹死亡的场景。我甚至还在一边哭的同时心里还一边埋怨奶奶为什么要一直躺在床上，而且还是那样一副惊人的样子，我一点也不喜欢。可是我不能在父亲那样的表情状态下述说我的观点，我害怕父亲，这种害怕一直延续到我结婚。

父亲是很喜欢我的。我不知道这种喜欢是不是缘于奶奶对我相对哥哥姐姐来说更多一些温和，还是因为我年少无知的无赖之气，有别于姐姐过于实在而显得有些滞重的气息；亦或者，因为我和奶奶、父亲相处的时间长，见到母亲的时间少，所以对母亲的感情不像哥哥姐姐那样深厚。我对父亲的亲近感是母亲不能比的。但自从那个下午我目睹了奶奶的死亡之后，便无法再和父亲亲近。而父亲在我逐渐成长的路途中对我也失去了耐心和无微不至的关爱。我总以为他是过于偏重事业，以及与母亲关系不和等原因所致。我刚上初中的时候，父亲在一次暴怒中用一种带刺的荆条将我的双腿抽得鲜血淋漓，不仅如此，他还将荆条挂在墙上，瞪着双眼狠狠地说，他要让我记住这一切。我真的记住了这一切，记住了他的残暴，他的乖戾，在心的最深处。母亲为我做的是和父亲大吵了一顿。吵架，已经成了母亲的武器。在奶奶离世后，她和父亲之间的沟壑并没有得到修补，反而越发随心所欲地裂得宽阔。这时候的母亲，已经强悍起来了，而父亲，也正是强悍之年。家里于是动不动有了撕心裂肺的吼叫与哭喊，有飞来跃去的凳子、椅子，有了一些碎裂的碗盘，有了更深的冷漠、陌生。

我对父亲的惧怕形成了对他感情的疏远，而父亲对两个哥哥的偏爱却日渐加深。但即使如此，他依然摆脱不了那种作为父亲要在儿女当中树立起威严的想法。所以，一方面，他寄希望于他们，把所有的关心都放在他们身上；另一方面，却又使出他的专制手段来管教我们。母亲却不任是哪个孩子，只要父亲对我们当中谁稍有不满，她立马站出来护着，这几乎成了她的一种本能，护着孩子，对抗父亲。因为我的调皮，也因为我对父亲的惧怕和疏远，反而让我成了他最不能容忍的孩子，挨打挨骂也就成了家常便饭。而每一次挨打，我都会倔强地挺立着，直到伤痕累累。母亲则就此会引发一场和父亲的战争，最后最伤的、最痛的，不是我，是我的父母，是我们这个风雨不断的家。数年以后，当依在丈夫身边，看到父母欣慰的目光，我忽然间为自己的年少无知而深深痛悔。

我和父亲之间的感情是在我结了婚以后才慢慢改善的。那时父亲已退休多年，在日渐的孤独中开始修复我和他的关系，女儿的出生成了我们关系和睦起来的支点。他似乎把以前对我封闭的爱全部释放到了女儿身上，并且对我也是那样的关怀备至。两年后，我和女儿跟着丈夫离开了生活了二十多年的家，来到了新疆，就这样我成了父亲此后日子里最大的牵挂。我的离开，也成了父亲心上的一处痛，他给我的每一封信里都是殷殷切切的关爱，是为他当年对我过分严厉的歉意。

老年的父亲是十分孤独的，全然没有了年轻时的霸气。在他慢慢变得平和的时候，他才真正完成他人生的转型，从一个脾气暴躁的人变得温和随意起来，他甚至替代母亲承担了家里几乎所有的家务，对我的侄辈们，他表现得更加宽容。母亲的脾气也改了许多，差不多和父亲调了个，她总认为自己年轻时受了太多父亲和奶奶的气，心里一直不平衡，和父亲再起争执时理直气壮得让人无言以对，她总认为错了却死不认错的父亲还是和以前一样暴戾。其实母亲的这种想法遭到过我们兄妹的反对，但母亲对父亲的看法已根深蒂固，听不进我们劝的。父亲和母亲吵架，最后总是他自己偃旗息鼓，找个没人的角落坐着。那一坐，是很悲怆的样子，像多少年的风雨在那一瞬都已披挂在了他的身上，不但侵蚀着他的外表，也深深地伤害着他的内心。我或者姐姐，在轻轻地走向他，想以同样的方式陪伴一下他的时候，他在猛然中惊醒过来时，又总是深深地叹息一声，然后冲我们挥挥手，尽量以很平静的口吻说，你们忙去吧，我没事，我只在这儿坐一坐就行了。然后就那样一直坐着，直到天将黑下来或者到了要做饭的时间，才又沉默不语地走出他的角落。

我离开家乡后，父亲信里总是以一句话结束：我和你母亲都还好，现在已经不怎么吵了，不要挂念。他也知道，他和母亲之间那种水火不相容的关系才是我最大的牵挂。

父亲对奶奶的怀念和歉疚一直没有消退。有一回也许是他实在耐不住内心里那蚀骨的孤独，在整封信里都在说奶奶。他说，他也知道奶奶对我母亲和我们兄妹过于干涉和牵制，可爷爷去世得早，作为她的儿子，目睹了奶奶为了抚养他们兄妹四人长大成人历经过的无数苦难，他无法不在她年老时为了让她过得幸福和满足而迁就她。当时，看完这封信，我泪流满面。我的可怜的父亲！在他渐渐老迈的时候，我们兄妹又何曾以他当年的气度去迁就过他？动不动就耍小脾气，一副已是十分瞧不起他的样子。年轻时他要适应奶奶，现在又要改变自己来适应我们。

父亲紧紧地抱着我，我的被惊吓致哭无意中安慰了父亲，至少，有我的哭声伴随着去世不久的奶奶。

哭到我嗓子差不多都快哑了时，家里已经来了不少的人，都是村子里与我家有着千丝万缕关系的亲戚，我不知道他们是怎么得知消息赶过来的。他们嘈嘈杂杂地忙碌着。我红肿着眼睛坐在奶奶厢房的门槛上，看着父亲流着眼泪，替奶奶穿早已准备的寿衣。穿上寿衣的奶奶宛然如生，她黝黑的脸在微暗的灯光下闪着亮光，半睁的眼和微微张开的嘴，就好像她在冬日的阳光里笑着看我在晒场上奔跑一样。父亲用手轻轻向下抹着奶奶的眼睛和嘴唇，奶奶不笑了，安静而又安详的表情。我看到，父亲的泪水一滴一滴地落在奶奶的脸上和他那只在奶奶脸上游移的手上。奶奶终于合上了眼，也闭上了嘴。父亲说，奶奶已经安息了。

是的，奶奶已经安息了。

时光里的外婆

外婆一个人孤独地坐在屋檐下的藤椅上，望着院外，时不时地，手搭凉棚，认真地辨认从院外走过的每一个人。外婆的眼神不济，她总是认错人，远远地招呼着的往往是她并不认识的陌生人。但似乎没有人在意她的错认——谁知道她的招呼是给谁的呢？！

一

去看外婆的时候，我喜欢在阳光下把凳子靠近她，趴在她的腿上。有时候，站在外婆的身后，抱着她，把头埋在外婆的发中，她的头发如雪一般，白得纯粹而安详。外婆坐在阳光里——很多时候，她总是跟着阳光走，甚至会坐到离院门很近的地方。她的身上因此散发着软暖清香的阳光味道。

只要有阳光，外婆可以在外面坐上一整天，并不时地向远处张望。我不明白外婆在张望什么，院外那条小道不时有人走过，没有人会注意到一个老人静默的张望。当我慢慢明白人世间无数种情感之后，才明白外婆的寂寞，对于她无比深刻的寂寞，我们就像与她隔了世的人，只是用一种陌生的眼光打量，却从来不懂得走近和聆听。

二

外婆常年都穿着那种老式的大襟衣服，盘扣从右腋下到腰间，我的手总是很笨，不会扣她衣服的扣子，还爱趁着外婆不注意，解开几个，却半天都没能扣上。冬天衣服穿得多，有时候外婆故意让我帮她系扣子，笨拙加上寒冷，我从没利利索索帮外婆扣上过。还是外婆厉害，只用左手几下就能把所有的盘扣系上。后来我有件对襟的盘扣衣服，因为不会扣扣子，很少穿，后来被谁拿走了，也不知道。外婆的裤子也是大肥腰肥腿的那种，提着前腰，往左或往右一别，拿根带子往腰上一系，样式很土。外婆不肯穿从右腰侧开扣的裤子，那样的裤子很贴身，但她说不方便，要是尿急了解不开扣就麻烦了。后来又盛行从前门开扣或系拉链的女裤，不过这对外婆并不重要，她只是固守着她的时光，外界的变化没法深切地影响到她，她依然生活在她老旧的岁月里。直到后来做那种老式衣服的裁缝越来越少，几乎没人愿做了，外婆才开始穿对襟的衣服，她把所有的扣子都扣得严严实实，若是不小心，哪件衣服上掉了扣子，她是一定要重新缝上后才穿。妈妈说过，外婆年轻时是个美人，还是富家小姐，一直就是很利索的人，老了，她也绝不肯让自己变得邋遢。在听过外婆和外公的故事后，那时我老想，外婆为什么会嫁给她家的长工？嫁了，偏又感情不好；感情不好，又儿女成群。这是个复杂的历史问题，很多人都搞不清楚，我那个年龄，当然更不懂了。但外公去世的时候，我看到外婆守在外公身边哭得撕心裂肺，肝肠寸断。后来我想，外婆对外公是有感情的，只是那个年代的人对于感情的表达过于含蓄和隐晦罢了。

三

外婆以前是有许多财产的，后来分家一点一点给分没了，最后跟着她的，就剩下一棵柿子树。柿子树的年头长了，每年结果的时候仍然很繁盛，满枝满杈都沉甸甸的。外婆就请人把柿子摘了，她在柿子柄旁插上芝麻秆，拿旧衣服捂上几天，柿子就软了。这会儿去看外婆，她早备好了柿子等着我们。有时去得早了，柿子还没软，就总也忍不住，一会儿跑到外婆的屋里去捏，总希望能找到几个多少有些软的。外婆家的柿树结的柿子很好吃，除了给我们这些离得远的孙辈留一些，剩下的，外婆全都分给了舅舅家和几个分开单过的表哥。

柿子树不愧为外婆最后的拥有，它从未让外婆失望过，直到后来三舅去世。柿子树长在三舅家的院落，三舅去世后，三舅妈想将柿子树据为己有，再不肯外婆从她家的院里摘柿子了。有一年，因为给我摘柿子，三舅妈和她的三个女儿联合起来跟外婆大吵大闹。那样的吵闹不知道是不是外婆的人生里前所未有的一次，我只记得二舅一家吓得躲在屋里，没一个人出来劝阻，倒是村子里的人，拥挤了好多，几个如我般大小的孩子欢天喜地，在人隙中穿梭凑热闹。外婆哭着喊三舅的名字，三舅和最早去世的大舅一样对她都是极其孝顺的，三舅的名字此时成了外婆最强劲的支撑，尽管三舅再不可能听到她的哭喊，也再不可能用他瘦弱的身躯挡住凶悍的三舅妈。随同的姐姐抱着我躲在门后哭得说不出话来，我们不敢出门站到外婆身边，理直气壮地声援外婆。虽然有不少人帮着劝说，但在所有看热闹的人群里，又有谁，能真正体会到外婆儿女成群却依然冰凉蚀骨的那份孤立无助？

这次吵闹之后，外婆终于意识到她不能拥有任何财产，只好含泪将柿子树让给了三舅妈。自此，除了子孙满堂，外婆再身无一物。几年后，三舅妈改嫁，柿子树留给了三舅家的儿子，我的表哥。表哥嫌柿子树过于盛大，占据太多院子的空间，索性将它砍掉了。那一树的枝繁叶茂，累累硕果，还有我年少的那点念想，随着柿子树的消失统统烟消云散，了无踪影。柿子树竟变成了年少记忆中的一根刺，想一回，便被刺痛一回，直至后来，我已经记不起柿子是产于哪个季节，也忘了自己是喜欢吃柿子的。而外婆，除了有时会望着柿子树的地方出神外，也不再提与柿子有关的话题。

四

当三个舅舅都相继去世后，外婆就固定跟着二舅家的小儿子过日子了。外婆的干净整洁使她很受我的小表嫂的非议，尽管她把衣服拿出来给小表嫂洗时怕累着小表嫂，总要说上一声，衣服拿水透一透就好。

小表哥长得英俊，不爱说话，但骂起外婆来却像是往外吐冰刀子，狠得让人心痛又心寒。小表哥是跟着外婆长大的，少时跟外婆很亲，但从外婆跟了他过，就再见不到他对外婆的那份亲密了，只剩了怨。其实，一开始外婆是轮流在大表哥与小表哥家生活的，后来在我爸我妈和姨夫姨妈的协调下，外婆就跟着小表哥一家了，可能是那时大表哥家人口过多，大表嫂身体又不好的原因，当然我妈和姨妈们每月是要给小表哥付外婆生活费的，大表哥则每年拿一定的粮食。说起来，小表哥家是占不少便宜的。外婆年岁虽大，但身体尚好，除了给洗衣做饭，不用专人伺候，也没有大病，几乎所有见过外婆的人都说她老来是有福之人。这怎么也是我们这些晚辈的幸运。可能与直接供养有关吧，小表哥和小表嫂的体会却与我们不一样，他们没有幸运的快乐，而更多的是不堪重负之意。小表嫂心不坏，就是嘴不饶人，每次给外婆洗那么一两件衣服总要在人前怨气满腹，历数养老的艰辛和委屈。这些话传到我妈和她的姐妹耳中，免不了要跟侄媳妇论道一番。小表哥也许是受了小表嫂的蛊惑，跳起来跟他的姑姑们吵闹，闹到最后，怨气肯定得撒到外婆身上。幸好外婆耳朵背，她听不清楚小表哥小表嫂的骂声，听不清，她不会接茬儿，即使知道是在骂她。但对小表哥小表嫂的摔摔打打却是很明白的。明白又怎样？她有三个儿子、三个女儿，八个孙子、七个孙女，六个外孙、七个外孙女，真正的子孙满堂，最大的孙子都有了孙子，本来是享五世同堂的天年，最后却连幸福的概念都被搅和得模糊不清了。

五

不管现实多么的无奈，外婆总保持着她的坚强。无论春夏秋冬，外婆身上都泛着清凉油的味道。除了给我的小表哥小表嫂一些钱，我妈和姨妈私底下也要给外婆一些，让外婆自己想吃什么让人帮着去买。但这些钱，大多会被小表嫂借口帮外婆收拾屋子顺便收拾走，留下的那点，外婆都用来买清凉油了。外婆很迷信清凉油，当成了神丹妙药，有个头疼脑热，她是不吃药的，在太阳穴两边擦；蚊虫叮咬了，她在红肿处擦；拉肚子，她在肚脐眼上擦。我妈和姨妈回去看外婆，除了买些吃的用的，最重要的是买清凉油，不是一小盒一小盒地买，而是一大盒一大盒地买（一大盒有十小盒）。有时候赶上没有清凉油，外婆就会守在院外，逮着有人经过，就要拉住人家，让人给她从卫生院带些清凉油回来，也不管人家是出去干吗的。还好，被她拉住的无论大人小孩，只要是本村的，都不会拒绝地专程帮她去跑一趟。外婆身上的清凉油味道因此很重，敏感的人稍微靠近就会刺激得流眼泪。有一回我去看外婆，大概是好长时间没看到我了，外婆高兴地拉着我潜进她的屋子，屋里白天都很黑，为了省电，小表哥没给外婆装电灯，只有一盏老式的煤油灯，外婆白天肯定不会点的。外婆对她小黑屋的摆设早已摸得一清二楚，但对一些小东西，比如剪刀、针线盒之类，她每次都要叮嘱我们必须从哪里拿的要放回原处，这样她才可以准确地找到她需要的物品。我小时调皮，一般情况下闲不下来，点了灯翻找完外婆的东西老忘放回原处，我想那时我一定给外婆添了很多麻烦。找不到东西的时候，外婆会问小表嫂有没有看到，小表嫂呢，大概是常把我妈和姨妈买来的东西悄悄拿走，心里虚的缘故吧，就说外婆冤枉她，总要大吵一场的。外婆把我拉进屋，翻出她藏了好久的米糖。米糖是过年时才吃得上的，过年时，舅家其他的表哥和外婆娘家的一些亲戚来看外婆时会带一些，外婆就一点一点攒起来，她不舍得吃，攒着，就为了留到我们来看她时吃。米糖早就化了，跟罐里米花溶在一块儿，变成了坚硬的一大坨。外婆把手伸进罐里，我也不知道她哪儿来的力气，硬是从那一坨中揪下一块，准确地塞进我嘴里。米糖沾了外婆手上的清凉油，那清冷刺激的味道像许多年后我吃过的芥末，一下子从鼻腔蹿出来，再回旋到眼眶，刺激得我的眼泪哗哗往外流。这没法儿下咽的味道让我把米糖在舌尖上含了许久，我坚持没把米糖吐出来，握着外婆的手，流着眼泪把那些混合着清凉油的米糖吃了下去，然后撒着娇跟外婆说好吃。外婆一脸满足地又去揪糖，再塞进我嘴里。那天中午我没吃饭，因为连肚子里都是清凉油的味道，我躲在角落里流了好长时间的泪，都没把肚子里清凉油的味道冲淡。

六

我家的屋后是条马路，马路的那头是一块坡地，原来是茶树林，后来茶树被挖掉，成了不知谁承包的地，种上了油菜。开春的时候，油菜花一片灿烂，简直把天空都要染成金黄色。我最喜欢爬到坡上，蹿进油菜地，染一身的油菜花粉回家。爸爸妈妈把外婆接来后，后门就成了外婆守护的地方，我们要出趟门，她拉着手要问去哪儿，干什么，和谁去。其实说了她也不知道，不知道那个地儿，不知道那个人。但我和哥哥姐姐们还是很有耐心地告诉她，她才满足地撒开手说，去吧去吧。一脸的开心。然后她再端坐在门口，观赏着外面的风景。如果有人从远处来，她手搭凉棚，待人走近了，就大声地问，你去哪儿呀！很少有人拂老人的意，走近了，说一声上街呢！外婆听不清，答一声，哦，回家啊！你家在哪儿呀！有认真的人走得更近些，大声说，不是回家，是上街买东西！外婆说，走亲戚啊，有人过生日还是结婚啊？你要包好多钱吧？把旁人笑得直不起腰来，她也开心得不行。有人跟她聊天她就很快乐，等到人走远，又没人走近时，她会起身进屋，瞅我们兄妹或者我爸妈谁有空，她要说说路人跟她聊的那些话——她总是一厢情愿地揣度别人的意思，把人家一句简单的话演绎得精彩纷呈，好像她身临其境。这是有着怎样寂寞的老人生活啊，她关注别人多于关注自己。她开始有了很多的聊伴，尽管都是她不认识的人，都是她跟人问着同样的问题。也有我们兄妹扯着嗓子跟她说话累到不想理她的时候，她就特别安静地坐着，可怜巴巴地看着我们，直到，我们当中谁不忍心，重新坐回她的身边，跟她牛头不对马嘴地聊天。

后来，外婆去姨妈家是不是也这样经常扯住路人毫不搭界地聊天，是不是快乐得也像个孩子，姨妈从来没跟我们说过。我只知道，外婆本来是可以很快乐地度过她的晚年。

如果是现在，我一定不会再让九十多岁的外婆把她厚厚的、悲喜交加的岁月生生坐成寂寞的。

七

我们都没发现外婆是什么时候开始眼神不济的，她会把从院外路过的人当成是我们兄妹，喊着我们的名字。而有时，我们真的去看她，站在她的跟前，她居然会把我们的名字一个一个排下来问，直到她说对。我们总是成长，也许成长的速度太快了，快得让外婆无所适从。所以，我们的每次出现几乎都颠覆了之前留在她心中对我们的记忆，她也才会每次在我们要离开的时候，拉着我们的手不放，浑浊的泪像一朵败而不落的花朵，分明是有心要坚强挺立的，却总是无法挺立。弄得我们心里又酸又涩。相对于我们，外婆的时光似乎是停滞的，她一头已经如雪的白发再不能变得更白，她脸上的褶皱已经没有地方可以增加了，她的皮肤依然透明着，她手上的血管每一根都可以看到。但她看不到自己前面的路，她不知道什么时候就再也看不到我们了。

直到最后时刻，我都没能去看外婆。后来，不知道是谁告诉外婆，我找了个在新疆当兵的男友，还把新疆说成是蛮荒之地。我想象不出说这些话要怎样地扯破喉咙，还要连比带画才能让外婆明白，可是外婆却是懂了，她担心了，那遥远又落后的地方，她心爱的外孙女怎样生活？外婆坐在小表哥家的大门口，她越来越衰老，已经不能顺当地跨越小表哥家大门的高门槛，更无法自如地跟着太阳走了，她的腰弯得越发厉害，所以，一整天她几乎是坐在一个固定的地方。外婆还是逮着机会记起来跟我妈或者姨妈说，千万不要让我嫁到新疆去，那可是万水千山的距离，以后怎么办呢？她不知道这个时候我已结婚，而且还怀了孕。在外婆的心里，几年未见的我仍是那个调皮、爱说话、喜欢耍点小性子的小女孩。她不仅仅忘了我已结婚，她还忘了我的长大，忘了时光的飞跃。

我一直嚷嚷着要带爱人去见外婆，可我爱人来去匆匆，他的家在陕西，从陕西到江西，再从江西回到陕西，留给我的时间并不多，带他去看外婆终究成了一句口头语。

生下女儿的第三天，外婆去世了，她到最后都没见过她在新疆当兵的外孙女婿，这是她唯一没见过的孙女婿，还有她的重孙女——我的女儿。

我已经在坐月子，而外婆临终前拉着表哥表嫂，叮嘱又叮嘱，让他们一定跟我说，千万不能去新疆啊！

在月子里，我黯然流泪。

我们的来来往往

多年前，自告奋勇要替某杂志写亚军的印象记，结果在电脑跟前坐了大半天，只拱出几行字。关系太亲近，感觉反而远，左右都不太好下手，只好灰溜溜作罢。倒是女儿，那时才上初二，有股子初生牛犊不怕虎的劲儿，慨然应承，不到两小时完成她的《爸爸印象记》，当时在她爸爸的朋友圈里很是出了一下风头。时间过得快，一晃就又过去十年，多了十年的同床共枕，我们算是真正进入“老夫老妻”模式了。依情感而言，我想别说是“印象”速描，就是连工笔带写意，我都应该能把亚军绘得神形俱备——岁月的手笔再细腻，也敌不过我与他每一日的——就假装是耳鬓厮磨吧。可实际上我依然像多年前一样。我只好承认是个人功力不够，也就管不了什么形式，什么笔法，更不要想我涂抹出来的亚军是不是好看了。

女儿两岁的时候，我们一家三口在乌鲁木齐团聚了，是形式上的团聚，因为我们当时连住的地方都没有。亚军借住了维吾尔族同事在警校的房子，女儿的时差还没有完全倒过来——她头两天很准时地在四点钟醒来，两天后移到了六点钟，还没能移到十点钟的时候，维吾尔族同事的老婆来了，挺着肚子，说是要回来生孩子了。生孩子事大，亚军第二天就去寻房子。房子很偏远，叫七道湾，是平房区，没有暖气，靠烧火墙取暖。我不会烧火墙，老忘了往里面添煤，时常会睡到半夜被冻醒。同院子的一家，是亚军同事的亲戚，每次都是她过来帮我们重新烧火墙，在我提着水壶站在院子里冰冻的水龙头前发呆时，提着开水壶把水龙头给烫开，她还经常给我们送自己做的酸菜，教我做西红柿酱。搬到七道湾时，漫天飘雪，雪片儿大，把低矮的房子几乎都覆盖了，看着都不像是房子，而是一个个拱起来的雪包。我和女儿没见过这么壮观的雪，兴奋着呢，扑进旁边一个空院子里两个多小时，快冻成冰了都不肯出来。下午五六点的时候，带着女儿穿过一条条巷道去公交车站接下班的亚军，车站远，就在路边候着，许久才想起来还没到下班时间呢。但回去的巷道很多，雪的掩护下竟是一个模样，我们迷路了，找不着哪个才是我们的家，只好守在路边。直到天色暗了，路灯亮起来，远远看到一个穿军装的，面目不甚清楚，只能说是个剪影。女儿兴奋地喊叫着“爸爸”，毫无顾忌地直奔过去，很多天了，居然从来没错认过，大概是穿军装的，少有往这里来的吧。我从未觉得这段租房的日子很难，那时给朋友写信，也是抒情的基调，很是风花雪月。但多年后，在亚军的文章里看到他的描述，他说，他时常坐在公交车上默默流泪，为不能给我们好的生活。

我顿时有种阴差阳错的感觉。明明那是段很美好的时光。或许身为男人，对于生活的体验，与女人有着本质的不一样。我那时年轻，并不太懂单打独斗的生活，不懂怎么去经营婚姻和家庭。亚军也不是很懂的，虽然他看着很老成，一副历经无数沧桑的样子。我想可能从我们一家团聚开始，我们就正式开启了南辕北辙的思维和行为模式，所以如今，亚军动不动就说，我一直在跟他对着干，他说东我要说西，他说好我一定是说不好。细细思量，还真是。

我们俩的性格相左，生活习性不同，对同一件事的理解也很少能归于一类，几乎是一个左一个右，不是平行就是相悖。比如我俩吵架，我想的是速战速决，快刀斩乱麻，恩仇立见。亚军呢，躲避式，不管战火怎么起，反正是只要硝烟起，他一准儿悄然闪退，任我拳打脚踢，一个人暴跳如雷，就像表演。等我自行熄了战火，他也不会上前打扫战场，以免火熄得不够彻底，会再度燃起，他只假装从未有过狼烟起。一开始，我以为他是迁就，是委曲求全，后来才明白，他这是以退为进，退而不语，想让矛盾自然消解。他根本不懂，不解决的矛盾永远都是矛盾，累积起来，能成山。一个人的架吵得艰难而困惑，每次都像是我在撒泼，在无理取闹。闹完了，还不肯做饭，还动不动就怒目而视。亚军觉得委屈，我更委屈，你说一个大男人，又长得那么老成，怎么就不肯委下身子来哄哄我呢——也不对，还是有过不一样的“哄”。

亚军平时不太爱与人交往，那天却偏带了同事过来吃饭——明知道我不会做饭，硬说我做的揪面片好吃，忽悠了要好的几个人一起过来吃揪面片。他那里谈笑自若，一派云淡风轻，丝毫没有被我瞪视的尴尬。这一点都不像他的风格，他有事喜欢压在心里，还要露在脸上。明明乌云压境，却又要皓月当空，显然很难为他了。我当然也很要面子，强忍了一腔悲愤，生生撑起一脸伪装的笑，做了一大锅的面片，果然赢来赞美声，至于这赞美是不是出于真心，那就未知了。总之是此后他赶着跟我说话，我不好再怒目了。还有更绝的一次，好像是他一生气出了门，他出门一般也没地方可去，除了单位就是书店，不是喜欢跟人搭讪的人，就是出再远的门行为也是安全的，用不着担心。后来回到家，居然给女儿买了三个礼物：一架小小的电子琴，铁皮外壳和塑料外壳的玩具手枪各一把，都带着响的，估计是在路边遇上摆摊的了。女儿的玩具少，又很好动，一见爸爸一下子给买这么多玩的，简直欢喜得不得了，一会儿弹弹琴，一会“嗒嗒嗒”轮流扣着两把枪，枪只出声音不出其他内容。亚军笑眯眯地看着女儿闹腾，不见一丝不耐，慈爱极了。这样的画面温馨动人，我只能很识趣地调整脸部表情，不能扫女儿的兴啊。不尚武力，以不战而屈人之兵，这时的亚军实在有他的智慧。只可惜了女儿，爸爸以不战而胜之后，她无论弹电子琴，还是打枪，都一定会被爸爸竭力阻止：太吵，别玩了。亚军向来好静，一间小小的屋子，实在容不下更多更复杂的声音。但那些玩具都是他买的啊！

大概觉得我们俩发生争执的很多时候都是他这么忍气吞声，他的付出却没有得到我应有的认知和回报，我的不知退让使他心里的委屈积淀成更深的情绪。也不知道谁说的，婚姻里，性格是可以互补的。确实，我俩一直在互补，但我觉着补着补着，补过了。天长日久，我虽没用语言明确地表达过什么，却是越来越收敛了自己，快要没脾气了，倒是亚军，在滔滔不绝的“委屈”中默默成长起来，也茁壮起来，动不动就要个小脾气。你说你有脾气就好好要呗，怒吼几声，跳脚拍桌子，挑几个破碗摔一摔，往墙上扔个茶杯，拿塑料凳子狂砸地面，伪暴力，不伤人就好。他不，只是让你看他拉长的脸，不吭声，好不容易吭声了，语气不好，顺带着还要翻个大白眼。我也是被生活给练过了，脸皮虽然不算厚，但到底是被枪刺针扎过，淌过血，流过泪，有了一层坚硬的外痂，可以“风吹雨打都不怕”，嬉皮笑脸地贴上去，给他顺一顺奓起的毛。顺好了，他脸色阴转晴，偶尔给个灿烂的笑容，让我意识到作为老婆残存的魅力。顺不好，大不了再吃个白眼，灰溜溜地把自己藏进他一眼看不到的地方作饮泣状。不过亚军似乎从没意识到自己脾气见长，他依旧认为自己的姿态很低，并不认可我和女儿对他的小心翼翼，还固执地给我贴上“脾气大”的标签。凡讨论点什么事儿，比如天气问题，外面阴沉沉的到底是雾还是霾，明天刮风或是天晴，他说的添减衣服有没有必要；或者是对电视剧里某个情节的预测，要么是对某个人物复杂性的判断，无论多么鸡毛蒜皮，我俩意见相悖，只要我声调略一高亢，他立马不再讨论，做出停止的手势，好像我是游戏里的战神，一言不合就要武力攻击。明明他把我晾着，不肯让问题清楚化，还要偷偷向女儿诉苦：你看看，你妈又发脾气了。好像我在生活里，就剩下发脾气这一件事了。说着这样的话，还得加上他的经典摇头动作，再辅以长长的一声“唉……”——一脸受尽我委屈、一言难尽的悲苦无奈。

除了苦大仇深的模样，亚军也是有另外一面的。从我认识他，他就不是个幽默的人，多数时候他沉稳冷静，与他外貌的老成和性格的稳重极相得益彰。但他总想让自己风趣幽默起来，所以除了跟女儿忆苦思甜，他还是经常会讲一些笑话的，只是他的笑话多在冰点之上，常把我们“冻”得不知所措，而他自己已经乐出泪来。在家里，“独乐乐”是亚军常有的状态，偶尔还手舞足蹈，完全颠覆了他严肃、刻板的军人形象。当然，我和女儿也时有怜悯之心，努力配合着与他一起笑出花来，毕竟一个家庭还是需要春天，需要春天的花圃来孕育花香，我们不能让亚军一头扎进没有花香的春天。

亚军的笑点很低，也很奇特，在我们家很特立独行，像是他独创的一个世界，这个世界里只有他能感觉出有趣来。最不可理喻的，是他忽然没来由地大笑，那一定是他想起什么好玩的事来，在心里已是翻来覆去好一会儿，再忍就要内伤了，才释放出来。只是这样的笑，总是显得突兀，他大概是知道的。因而笑过，他总会眼神亮亮地看着我，干净无害的样子让我很宽容他。还有时，不知道跟人说着或者在手机里看到什么，拿着手机又是笑得气息不匀，看我莫名，像是没过瘾，又哈哈大笑，这次的笑更像是给自己诠释。这样的奇形怪状在我们家只能独属于亚军，若要我有这般笑得不可自抑，他态度一定是极其冷淡，一副见惯不惯神经病的样子，时不时地，还辅以大幅度的摇头动作，以证明对我的不理解、不认同、不接纳、不融入。这种“只许州官放火，不许百姓点灯”的行径，不知道始于什么时候，并在我们家逐渐成为常态。好在，成为常态的东西让人更容易接受，可能因为无害吧。

亚军性子急，别看他习惯搁置我和他之间的一些争执，对我们争执以外的事，他从不肯搁置，还必须得一桩事一桩事了了，若有时间差，这差的距离，就是他的煎熬。他认为所有的事直截了当最好，三下五除二，没有纠缠，没有拖延，没有余地，就是一劈两半的快意。否则最简单的事落在他心里，都像是块石头，而且这石头不仅是石头，还是面目全非的九曲回肠，是“三千里路云和月”，这样要直到此事终了，才肯歇下。他的负重感，源于他做不到别人诸事天高云阔的豁达，身为作家，有丰富的想象力，情商却没那么高，全凭着本性的真诚和善良，而如今，不会些五迷三道的怪招，不扛些妖魔鬼怪的旗，想活得轻松也不容易。刚到北京的时候，公公很是欢喜，儿子长脸啊，从新疆乌鲁木齐到北京，全凭着自己的能力。老人的骄傲藏不住掖不住，估计也是带了吹的，就有人陆续上门，他也来者不拒，一概应承。这就苦了亚军，不能驳了老爹的脸面，硬着头皮去帮着找些关系，人托人，有些事成了，有些事成不了，成了的连个谢意没有，没成的又落了埋怨。有一回是有人要替在北京的女儿换工作，也是赶巧，正好有个相熟的单位缺个财务。亚军欢喜得很，拨过去老爹转发来的电话，没接，就发了条信息，让人家自己联系。结果女的给回了信息，很警惕，问他是谁，想干什么，不要骚扰她之类。脸色终日阴沉的亚军，某日终于忍不住，跟我抱怨起这事来。我很不地道地笑了。我太清楚他的为人，虽然我们很多时候意见相左，互怼，但并不影响我对他深刻的了解和直观的判断。他行事比较简单、爽直，有些传统和守旧，除对新鲜事物的敏感度和接纳度有些迟钝外，待人是很坦荡的，并无龌龊的一面。不然我也会将此事很阴暗地想象成粉色的暧昧。不知道是不是这事坚定了亚军严辞老爹的心，自此倒没见他再提起公公揽事。

因为心思重，做事又一板一眼，亚军轻易不肯应答别人什么，他怕答应了做不到，误了对方。当然，但凡能有帮着别人的能力，他倒也不遗余力。有些稿约，他身体状态不好，尤其是颈椎，吃不住稍长时间坐定，无法写东西时，他还惦记着，某时答应过给哪个杂志中篇或短篇的。这种惦记，像草一样，并不因时间的流逝而消失，而是“一岁一枯荣”，总也不知道在哪个时段，忽然间就疯长起来，蔓延在他心里。

这世间的事，此消彼长，像植物一样，生生不息。好不容易一段旧事了了，新的、更繁杂的事又接踵而至。亚军此时不再担忧生活的窘困，不再心心念念没给我们好的生活，他的忧虑已经大而化之，变得更细琐和宽泛——父母、兄妹、侄辈，工作、居住、情感、婚姻，无一不涉，像个真正的人生导师。而就在刚刚，我正发愁果然把他写得一团模糊的时候，他微信问我：女儿回来了吗？

我：没呢，不管她了。

亚军：还是要管的，下雨开车呢。

我：告诉我怎么管？

亚军：回来了车停下，心就踏实了。

果真是操不完的心哪！

混我“地盘”的女人

我一直以为写作的王秀云有两个，一个是《北京文学》写小说的编辑，一个是河北的作家。两年前，我们选用王秀云在《青年文学》上的《观众席》时，我问主编谢欣老师，这是哪个王秀云呢？谢老师说，应该是《北京文学》的。这似乎更加坐实了两个叫王秀云的作家。直到一个多月前，我们去宁夏的固原，从北京出发的只有两人。王老师在群里问，她在机场，有没有一起走的人。我举手，于是我俩在同一个登机口旁边顺利“会师”。为确证，我毫不犹豫地问，她到底是哪个王秀云。她居然也一点没迟疑，说两个都是她。我想误会成两个人的应该不只是我，不然，她怎是一副千山万水行过的笃定，半点讶异没有。我心下释然，以后再不用问这个王秀云是哪个王秀云了，看一位名作家和编辑的合二为一，是件神奇和开心的事。

初次见面，我俩都比较矜持，话不多，很是端着。到了固原，一直到宾馆，大概在异地，人会产生强烈的陌生感，来自同一地域使陌生的人有种亲近感。我俩忽然间像结识了很久的老朋友，热络地相邀同住一个房间。同住是件很微妙的事，有人因性格相投，结下情谊，彼此心神相交，有人或者介意对方言语，从此心存芥蒂，再不肯往来。当然可能性有无数种，这两种是比较极端的。我们属于“胡天胡地风骚”的那种，怎样都行，扁就扁的来，圆就圆的往。王老师毕竟是有想法的作家，思想高度和思维深度自然甩我这个半路出家的纯老编辑几十里路，所以我绝不在她面前说关乎文学的任何话题，以免引起彼此的不适：我这个弱势在她强大气场的倾轧下产生难以治愈的心理暗疾，她则因我对文学的肤浅理解和以“好”或“不好”较为断然的判断而对文学编辑行业有过深的忧虑。这种避开职业交流的相处无比轻松，以至于我失去在陌生人面前应有的矜持，原形毕露了。不过王老师似乎较我更加放松，放松到能够坦然地袒露胸腹——因为她没找着言之凿凿确定放进箱子里的睡衣，这成了我嘲笑她的极佳借口。当然我不是那种不良善的人，在她慨然地给我提供了一双袜子之后（我假装很自律地推却了数次，她感叹说，这么积极主动居然都送不出一双袜子。那表情，很是受伤。善良的人自然不愿让她有委屈，我也就慨然地穿到脚上。一双袜子，就这样奠定了我们的交情），再看她，除了那种文学女性的知性面孔，我眼里她的一颦一笑都是满满的可爱，连搞个不雅的小动作都没有看别人时本能的不适感，还觉得这个女人果然是本真率性。

当时我俩站定在宾馆的大窗前，遥望远处不那么宽阔也并不雄浑而且植被疏密协调的山，都觉得此地气息明朗宁清，不约而同地生发出到这里买房生活的愿望来，完全忽略着马金莲笔下生活的艰苦与自然环境的冷酷。也像是，我们已经可以随性到点石成金，在哪块土地上都能插根木棒就圈山为王了。梦总是要破，破了也无所谓，反正做梦不费劲，纵横捭阖，天下我为，疆土大，地域广，实在碍不着谁。我奇怪的是，我俩才见面不久，之前并无多的交集，当真会如此心意相通?

不做梦的时候，除了活动，我们也大多耗在一起，如同一对初结的情人，亲昵中又有些不知所措的疏离，比如每次吃饭我们分明是一起的，却总在坐定后发现，两人并不在一张桌上，或不在相邻的座上。开始还脉脉含情地互相寻一下，碰撞一下眼神，投入到吃的境界之后，就各安各的好，谁也顾不上谁了。吃是人生大事，总得安顿好。烟尘俗世，岂能为了情色之外的情谊而忽略美食，我们都不是这样的人。但这一点都不影响我们烟云缥缈的情谊之路的建立。毕竟在小小的团体里，我们来自同一个星球，并且有着文学修养以外的很多相似特质。

不知道是不是怕走失了对方，固原行还没有结束，我们就迫不及待相约再见，都在北京，多方便见面啊，约个时间，找个干净的饭馆，欢欢畅畅地吃顿饭，然后……自然没有然后。或者我们都知道，相约一次其实并不容易，不是天大地大，而是时间太容易成为某种掩护，很可能，我们就在对面，但谁都不愿起身——这是很费力气的事——

越过面前的墙，探头冲对方打声招呼。很多时候，相遇，实在比相约要实在和有用得多。虽然约了，约得很衷心，很真诚。但或者都可以预料，约只是一种形式，就像不约是一种态度。

果然，回到北京的我们并没有履行约定，别说相见，连微信里握个手都是累赘。直到，再一次相遇的时间逼近跟前。

这不是预设的情节，更像是突发的事件。这种相遇让我们对即将来到的新疆之行充满了期待。

因曾在新疆生活过数年，我骄傲地说，我的地盘我做主。王老师很配合我的骄傲，说，那我就跟你混了。

临行前她问要带什么衣物，我却卡壳了，新疆南北的地理环境和气候环境大相径庭，而我当年不过在乌鲁木齐困守了几年，连周边城市的方位都模糊不清，更别说近二十年的别离，那里的四季气候像人的模样每年都在不动声色地发生着变化。我不敢保证再见当年的朋友都是否还能一眼认出来，又哪里敢判断一直不熟识的地域的气温？只含糊地说，带厚点儿总没错。厚到什么程度？王老师问，不用带棉裤羽绒服？我骤然生出崩溃感，虽说新疆的气候较内地更张扬，但也不至于这么夸张吧？后来我很痛惜当时没鼓励她把棉裤羽绒服带上，据说喀纳斯都已经下雪了，虽然我们不准备去下雪的地方，但能看着她一路抱着羽绒服瞅着棉裤，又何尝不是件快意的事！不过机会既然失去，槽点可一点也没被浪费，在新疆广袤的地域上飞驰的一路，时不时地被我拉扯出来，嘲笑一番。她也没脾气，笑盈盈接受，态度诚恳，一点也不像之前那个不屑地责问我“你不是号称在新疆工作过吗”的人。

毫无疑问，我们俩依然同住一屋。我以为习惯她了，她却在夜里的某个电话里，娇柔柔地说：“我跟爱枝在一块儿住，人家是男的……”我差点儿被自己的一口气呛到，赶忙慌乱地咳了几声。这是有多不自在的女人啊，生生将一个体格不及她，就算土得掉渣好歹也是女人的名字硬说成是男人。还好这种幺蛾子姿态并不妖媚，蛊惑不了人，也只能灰头土脸地舞了舞翅膀，然后自行偃旗息鼓。接到我扔过去的白眼，挂了电话，她嬉笑道，我想让人家吃醋呢，谁知他一点都不在意。我心说有种你在旁边真有男人的时候这样说试试，看掀不起滔天巨浪来。玩这种弱智小把戏，真是矫情得可以。不过这矫情还够持久耐性，几乎每个晚上，她都会有那么个电话，一副低眉顺眼的小女儿姿态。我们各躺各的床上，互相无视，彼此屏蔽，偶尔在某个被撕开的瞬间，我觉得自己其实真的是可以当她的老大，护着她。毕竟，是我的地盘啊。

我预备行使在“我的地盘”上的职责，但随后发现这像是天方夜谭。王老师其实很招人喜欢，根本不用我做什么“关照”，她已经抛下我和同行的一拨人打得热乎，大家每次一开口，都是“王老师……”我这个鼓足劲准备当东道主的人，倒像是细伶玻璃瓶里的一根干枝，别说风头，连来时的风采都失去了。我幽怨地看着她，她眼神里的光芒让我不太忍心提醒她的“越位”——明明她是跟着我“混”的啊。

新疆地域广阔，很多时候都是在车上度过。我多半都在迷迷糊糊、半睡不醒的状态，耳边弥漫的是王老师的声音，她精神很好，话题也多，像一路不断变幻的风景。想想这样也好，不当老大其实很省心。

就那么不带情绪一旁看着她，她欢实得不像话，至少，我的眼里，太少女了。路边几棵杨树，黄了，不见得真灿烂，她迷得不行，拿着手机左拍右拍，完全一副摄影大师的模样。不过，我对她的摄影技术没有过高的期待，一堆照片里能寻出几幅像样的，挺不容易的。一次傍晚，她抢了一组夕阳，美滋滋地给我看。我没留情，说，煳了。她脸上的神采像夕阳落下去的山峦，一下子暗了，不再说话，兀自走开。倒让我有些不安，暗自叮嘱自己不能再打击这个小女人了，我可是一直称她“王老师”的。虽说我的打击有点直接，不过王老师有足够丰富的经验不乱阵脚，她好几次舞着手机说，拍好的都是我拍的，没拍好的都是晓秋拍的。这份霸气，唯她有！

除了拍照，王老师还爱被拍，走哪儿都把手机往跟前人手里一塞，快，帮我拍个照。很有准备的，姿势、眼神、笑容、无一不是温厚的、阳光的，没一点造作——偶尔，身姿还是妖娆的，在我促狭的笑声中，她妖娆得越发坦然。同行中安徽的温小龙是唯一背着大相机的，王老师要小龙给她拍封面照。还从手机里翻出一张照片，说实在没办法，一直用着我拍的这张照片。我侧过来一看，是在固原的会议上她讲话的头像侧影，光线明亮，眉眼干净，正是她最为真实的模样。我心里生出几分得意，虽然，当时我和她隔得那么远，根本越不过中间一排人头去拍她，但让她张冠李戴着，是不是也佐证了我在她心里的位置？！

在新疆，我们最重要的一个动态是倒时差，时间从晚上十一点到凌晨两点。尽管待了才几天，但我们倒时差的速度很快，往往是吃过饭已经十点、十一点了，回到宾馆还要认认真真地刷一下朋友圈，除了看越来越多的朋友圈里的动态，还要看些长文，当然还要不知所以地浅浅说几句，然后我们没有固定先后顺序地说一声，睡了。于是关灯，进入彻底的黑暗。王老师的睡眠速度极快，我还在数着第五、第六只绵羊时，她的鼻息声已经悠缓地响了起来。这速度，与她的体格绝对没有任何关系，只能说，这是一个多没心思的女人。

我以为这样最好，彼此坦荡着，在时间的缝隙里相遇，简简单单地往来。

第二辑

相遇

一路向西

别了小城

我其实想让自己离开得更决绝一点，像电影里的人物，挥手告别，转身之后不再回头，让家人目送我的背影渐行渐远，最后隐入苍茫的远方。

想象毕竟只是想象，充实一下属于影像的向往。事实是我走得拖泥带水。女儿不知抱在谁的手里，我的行李箱被大侄子夺了去拖着，已远远走在我的前面，身边簇拥着家人，所有没离开小城的，一个不落，浩浩荡荡的送行队伍，气势不像送我们上火车，倒像是去迎会某场约架。我努力撑起脸上的平静，边走边阻止这支送行队伍，还要照会着迎面而来的乡邻们奇特的眼神。没有人理会我的阻止，队伍前行的脚步坚定，目标明确。快两岁的女儿显然很兴奋，未曾明白外公外婆的叮嘱意味着什么，什么是离开，什么是想念，什么是不忘，她哪里懂得，只是像往常一样干脆地应答，讨好着她面前恋恋不舍的亲人们。我疲惫而尴尬，离开是一件悲伤的事，我悲伤的亲人们让我在这短短的路程上耗尽了悲伤。

从家到火车站，不到十分钟的路程。任我和丈夫怎么劝说，在火车到来之前，都没人肯离开。守候的时间短暂而漫长，孩子们已经开始说笑了，兄嫂看守着在站台上欢快地奔来跑去的女儿，父母此时却不再言语，他们的目光追着女儿，也追着我。我无法直视他们的沉默，借口找车厢的位置，远远地躲开，直到火车进站，才跑过来抱起女儿在大家的围护下上了车。安顿好行李，趴到半开的车窗跟前，窗外已聚拢了家人，冲着我们挥手，说着些叮嘱和告别的话。父亲在人群的后面，背着手一言不发，眼圈却是红的，他从来都是很坚硬脾气也很火爆的男人，我只在幼时奶奶去世时见过他落泪，我和女儿的离开让他的软弱尽现，送别前他就在偷偷流泪。这不是我习惯中的父亲。母亲有着不一般的平静，她微笑着，一直挥着手，她不是善于掩饰自己情绪的人，她的微笑送别是不想我此后的异地生活充满惦念。火车开动后，母亲越过其他人，以她不相称的年龄跟着火车奔跑。

女儿不明车内车外从此就是遥迢山水，她乖巧地听从我和她爸的话，舞着小手说着再见，时不时地还打几个飞吻。车厢人不算多，不是每个窗口都在演绎告别，身旁的人漠然地看着我们的离别。他们怎会知晓，这列绿皮车，开启的不过是我们一家三口漫长旅程的一段，从启程的这个江南小城，一路向西向北，最终我们要穿过无垠的沙漠，广袤的戈壁滩，驻足在遥远的大西北——那传说中满目苍凉的地方。火车在小站停留的时间有七八分钟，足够磨尽我们等待分离的耐心。我已经压抑不住内心开始泛滥的酸楚，只盼着火车赶紧开动，让这离别的撕拉结束得利索些。可是，当火车真的开始移动并慢慢加速，父亲哀伤地挤出一丝笑容的脸穿过所有的声音和表情清晰地落进我的视线，母亲佯装的平静破碎，她追随列车的身影渐渐模糊时，我终于泪崩。而女儿在此刻忽有所感，她看着我的眼泪，也“哇哇”大哭起来，这个还有几天就满两岁的小女孩，从此就要交由北方的水土来滋养，而她正在离开的江南小城，从这一刻起，成为她的过往。

一路上，女儿不再欣悦，不时地哭闹一场，用脚踢着车门，愤怒地喊着，开门，开门！我要下车，我要回家！她扯着我，大眼睛含着泪水，表情极度认真地说，妈妈，我想回家，我想外公外婆！我以为自己也足够坚强，离开是自己的选择，青春的落拓和不羁，让我坚定地要把自己拔离故土，爱情成全了我的一门心思，尽管有许多亲朋好友质疑，却都不能动摇我的选择。婚后的两地分居，我对未来竟从未有过担忧。但是现在，在奔驰的列车上，面对女儿的不舍，我难过而烦躁地发现了自己的犹豫，前路未知，这样义无反顾的离开，总是充满了风险，未曾厘清自己的人生，对婚姻亦是懵懂无知，将如何担起未来？抱着女儿，望着窗外飞逝而过的熟悉景致，我不能自制，任由泪水横流。女儿替我擦拭眼泪，搂着我的脖子，奶声奶气地说，妈妈不哭，我也不哭！

谁也不哭！

两岁的女儿，她说过这话转身即忘，依然走一段路便毫不收敛地大哭，哭哭笑笑就是她的生活。而我，只能擦干眼泪，握着身边人的手，继续一路向西飞驰。

北挺陕西

路漫长，时间亦漫长。女儿无法在火车狭小的空间里奔跑，她习惯了追随哥哥姐姐们的足迹游荡，习惯了在家里乐此不疲地玩捉迷藏，习惯了挣脱我的怀抱还有更温暖的胸怀让她依靠。而这一切突然间都失去，她的情绪来得比我更激烈、更动荡，散漫惯了的她难以适应火车上的禁锢，哭闹不休，始终坚持要下火车回家。这个还不懂得什么叫坚定的小女孩，在她人生第一次开始漂移时用她的哭闹诠释了坚定的含义：下车，回家！

她或许并不知道，坐上火车对她而言，正是通向她真正意义上的家，因为，我们一家三口在团聚，她将不会再陌生于“爸爸”这个温暖而有力的词，从此拉着她小手的，将会一边是爸爸一边是妈妈。真正离开家的，是我。我像树上长出来的枝杈，除了来自太阳的光合作用，其余的营养均来自血肉相连的树干。婚姻初始，我和丈夫两地分居。我生活在家里，虽为人妻，除了怀孕、生孩子，生活并没有发生重大改变，我依然是家里的成员，因循做女儿时的生活轨迹，没有谁不满我和女儿的存在，甚至，我与家血肉相连的密度比结婚前更高，而女儿是我这枝杈上唯一结出的果，明丽，新鲜，闪耀在家里所有人的生活里。大哥出去应酬、醉酒是常有的事，他一醉总是要惹出些是非来，吵吵闹闹摔摔打打是免不了的，酒醉的人听不了劝，唯一的办法，是我将女儿塞进他的怀里。这真是神奇的见证，歪东倒西、骂骂咧咧的大哥，一抱住我女儿，立马安静下来，连趔趄的步子都端正了。

像是一个预设的程序，其实都知道，无论我在这根树干上长得如何葳蕤，迟早是要脱离的，但在真正的脱离到来之前，大家都在假装脱离的日子遥不可及。

我无意将女儿带离勃发她生命和记忆的小城，只是我们都不能自由选择生长的地方。现实让我用远方充实曾经的梦想和期望，我听到自己从树干上被折下时断裂的声音，疼痛感却在我已经接近麻木时倏忽而至，锐利绵长。女儿的哭声，是否也是她疼痛的表现？只是，两岁的孩子有着她所不知晓的自我修复能力，就算被迫移植到异域他乡，她也依然能在极短时间内忘却背离的方向，继续无忧的成长。

黑夜渐渐来临，车轮铁轨单调的碰撞让人产生无边无际的绝望。我让女儿看车窗外星星点点的灯光。无边的黑暗背景里，萤火虫般闪烁的灯光没有一点温暖的意象，连女儿都明白，那些光芒都不是“我们家的”。家，此时如此具体，哪怕只是一盏灯，开关的灯绳却可以握在女儿的手里，她拉一下，亮了一片，再拉一下，黑了一块。若是她兴致起来，用了力气，两岁幼儿的臂力一样可以扯断年岁久了有些发脆的灯绳。我把女儿拉进怀里，此时那些灯光属于别人，就让它继续在黑暗的幕布上闪进别人的梦乡，我们，就在自己的梦乡寻找属于我们的灯光。

车西进北挺，过黄山，到蚌埠，经徐州，路上过了多少个车站根本无心听报，尽管困意沉重，睡眠却并不深，火车中途的奔驰，到站的缓停，有人下车的急促，有人上车的匆忙，睡眠中的感觉像张开的网，那些漏不过去的东西会撞到网上来。然后，疲乏地睁开眼睛，在昏暗的廊灯中搜寻一下自己的行李，模糊中一切安然，再合上眼睛接着浮萍一样的浅睡。

车到南京，天还未亮。十月底的气候已经凉意深沉，只不过，还不是冬天那种无所顾忌的寒彻心肺。女儿睡眼蒙眬，被我扯着跌跌撞撞地随着人流出站，出站之后，我们要穿过车站广场，到一个临时搭建的售票厅买票转道西安。虽是凌晨，但车站的人流量一点都不小，那时火车的时刻表似乎还不能顾及人的生理状态，半夜出发与深夜到达都是寻常的事，经常能听到的是有人睡过头没赶上火车，却极少有人埋怨这种毫无章法的火车时刻表，此地彼地的轨道长度固定，车速固定，时间却不因这些固定而发生移动，十几个小时的车程实在太普通了。有谁能想得到，几年之后，火车开始不断提速，从天南到海北，原来三四天的距离，到如今或许十来个小时就到达了。习惯了动车、高铁，再回头去坐当年绿皮的慢车和快车，就真的是要怨声载道了。

人往往向前容易，回头总是艰难和不适应的。

或许是因为年轻，我还没觉得转车是一件苦不堪言的事。女儿在出了车站后，被人声熙攘的南京辉煌的夜色迷惑了，倦意一扫而光，非常兴奋地撒开我的手跑着。丈夫接过所有的行李，我和女儿在完全陌生的地方，跑跑停停穿过往来的人，也绕过了一堆堆与人挤在一起的行李。我们在南京被灯光漂洗明亮的夜色中忘却了来时的悲伤，仅仅十几个小时，过去与现在便如此分明地被割裂。在我们人生的路途上，究竟有多少次这样泾渭分明的情感割裂？

许是对坐车有了短暂的适应，从南京往宝鸡的列车上，女儿的情绪舒缓了很多。她好奇列车的走走停停，有人下车有人上车，不停地问，我们下车吗？什么时候下车？下车竟成为她新的关注点。我笑起来，孩子有着孩子的寂寞，女儿现在只期盼着下车，下车，再上车，就像转车南京站一样，可以看到另一种绚丽的风景，而不是沿路越来越稀少的绿色，却越来越广袤的土黄。只是，我们的目的地还在前方，这种单调的行程还在继续。女儿的精力终耐不住这样的漫长，她恹恹地睡去，醒来再问一句，到了吗？

女儿没有再喊着“回家”，她是知道离“回家”远了，还是仅仅一时的遗忘，我不知道。我们告诉她，现在，正在回爷爷奶奶的“家”。女儿无动于衷，她还分辨不清家与家有什么样的区别。虽然在她出生的家里，大家都尽可能用普通话跟她交流，但是普通话也是有口音的，所以她说的是有口音的普通话，也听得懂当地话，对于即将与她交流的另一种方言，我在想她能听懂与接纳吗？

事实证明，我是多虑了。女儿并没有对语言过度甄别的意识，听不听得懂不要紧，要紧的是她有自己的理解和表达。对陌生人的陌生问话，她一句“我坐火车”便足以应付。孩子的世界，永远是以不变应万变，而最后的万变，也只能妥协于她单一的思维——没有人会有耐心试图进入一个萍水相逢的孩子的世界。当火车飞奔在三秦大地上，女儿听到“我们快到了”时，情绪亢奋起来，在座位上爬上爬下忙乎个不停，直到车停西安，我们都趴在车窗跟前向外张望。西安下车的人多，停靠的时间也长，因了终点站的不远，上车的人寥寥。有拾垃圾的人从旁经过，看到桌上没喝完的水瓶、八宝粥罐，便定定地站在旁边，我们示意他可以收走。然而，等我们从窗外收回目光，列车缓缓开动起来时，却发现女儿的鞋子没有了。小小的一双旅游鞋，就在我们眼皮底下不翼而飞。我和丈夫哭笑不得，鞋是新鞋，被当作垃圾拾走不太可能，只好安慰自己或许人家正缺了这么一双鞋，不被当成垃圾能物有所用，也就物有所值了。但女儿只有脚上这一双鞋，没了，她就不能自如地在地板上行走。闲不住的小女孩踩在座椅上很生气地说，那个人真坏！

终点临近，正为到达新的地方而惊奇的女儿为此不开心起来。丢鞋事儿不大，一个城市的印象却如标签一样贴进了心里。十七年后，女儿到西安求学，她来的不情不愿，直到几年后毕业离开，西安在她心里，如来时一样，她没了解，也不心疼，亦无不安。一座古城的印迹竟不存分毫于心，我想她两岁时的路过失鞋，是不是冥冥之中注定她与这个城市无缘？

好在，女儿那时才两岁，丢了的鞋再新，也敌不过对吃的爱好，再加之不停允诺她重新买鞋，才使得剩下的一小段路平静地过去。从岐山县的蔡家坡下车，再坐车倒车，到达塬上的爷爷奶奶家，女儿没见疲惫，也不胆怯，很自如地融入了新的家庭。她以她两岁的见识，简单的识文断字，惊艳了一帮围着她看稀奇的村里孩子。我不知道她是如何识别家人的方言，但她对于陕西话有种天然的接纳，也许，这也是割舍不断的骨血亲情的一种验证。无论她在哪里出生，以什么样的方言开始，终究，血脉在此。

一路向西

在岐山停留几日，女儿对岐山的名吃臊子面没有我表现得那么中意和喜爱，她吃得不多，安慰我们般，噘着嘴吸溜几根面条，然后做出一副已食腹饱的样子，好像领导批阅文件，随便翻翻便签下“已阅”。婆婆用心，刻意多做些米饭，以使吃惯南方饭食的女儿容易接受，怎奈南北差异，生活习俗完全不一样，几天时间要让南北融合，总是过于期待了。待了几天，我们准备行装，面临的是又一次出发。前方目标遥远，一路向西。

坐火车完全是一种考验。虽然我有坐长途火车的心理准备，但完全忽略了带着少不更事的孩子坐车的劳顿和不便。若说从离开家到南京，从南京到岐山，女儿还处于第一次坐车的适应期和兴奋期，那么从岐山再坐车到乌鲁木齐，三十多个小时的行程则完全耗尽了她的心理适应，也彻底磨损掉她的新鲜、喜悦之情。迫于经济压力，只我和女儿在卧铺，丈夫则在硬座车厢。如今的我已无法想象硬座的三十多个小时，同一种姿势保持十几分钟就苦不堪言，更别说数个人挤在一个狭小的范围内，手脚无法伸展的痛苦和疲累了。不能不说人真的很伟大，在非常态下的承受力简直无法想象，就像弹簧一样，在不知道极致的时候，可以一直被拉伸，而所谓的意志力，大概也就是这样被锻炼出来的吧。

女儿开始想念南方的外公外婆了，记忆短暂地消弭之后，又恢复原有的配置，毕竟是南方的水土养育了她两年，要是再矫情一点，把她从形成胚胎开始算起，差不多是三年了。想念来得猝不及防，女儿上车前还乖巧灵动，却在列车开始穿过山洞时，好端端地哭开了，喊着外公外婆，闹着回家，重复她离开江南时的那一套程序。我愣愣地看着女儿圆溜溜的大眼睛成颗粒不断滚落的眼泪，竟没有一丝怜惜的意思，唯有悲伤和烦躁。她可以毫无心计没有端由地随便哭喊，我揣着满腹离情别绪和对未知生活的担忧，却连发泄情绪的机会都没有。在我的成长史里，这次离开，又何尝不是人生的第一次。生活没法儿预演，想象是想象，成就不了未来，未来怎么样，谁都不知道，列车向前不能停下，我们跟着向前停不下来。

白天的时光，丈夫还可以跟我们待在一起，沿途路过的一些不一样的风景，他会说与我和女儿，女儿不懂，却依然装着很明白的样子，点头、应答。而到夜晚，车厢之间的门要锁了，丈夫不得不离开去硬座车厢，他的座位由旁的人替他坐了，他说多待会儿，可以陪女儿，也能让那坐的人多坐些时间——有座位尚且煎熬，何况没有座位的人，有时候连站都没地方可站。爸爸的离开，让女儿有机可乘了，她哭的理由无比正当：要爸爸！这根本不能拒绝。可这世界需要我们守的规矩很多，就这么简单的事并不以简单的面目出现：我们穿不过那一道道车厢的门。女儿很不甘心地从车厢一端折回来，车门锁了！要爸爸成为不了现实，她还有其他的理由用来哭——就是不要理由她也是要哭的，反正总要有动静就好，不能寂寂无声。于是，这个夜晚，我们所处的车厢，静谧时不时地被打破，女儿莫名的哭闹声就像一支画笔，将平坦的夜晚画出一道道不规则的线条。列车员经过好几回，也许昏暗的灯光里我的疲惫与无奈是鲜明的，她在我们铺侧站定之后，终归没有制止和规劝。当然，就算她制止，也是没有办法的。我很感激邻近的那些旅客，没有人因女儿的哭闹而有过恶语或表现明显的不满，那样的宽容与善良，才让我独自在女儿的哭闹中无计可施时不曾有崩溃之感。第二天一早，女儿醒来又开始唱歌，她又蹦又跳，天真烂漫。有人打趣问她，昨晚是谁在哭啊？她毫不掩饰地回答，是我！理直气壮的像是做了件多好的事。列车员也过来，一脸欢喜的模样看着女儿，哎呀，昨晚就是你在哭，为什么哭啊？问题有点高深，女儿回答不上来，大眼睛就那么一眨一眨地看着列车员，眼神如晨曦，明亮洁净。一瞬间我觉得世界涌满了鲜花，花香四溢，明媚可爱，一夜的疲累与焦虑不复存在。我笑意盎然，内心的感动如一条缓缓流淌的河水，漫过我对前路未卜的惶恐。刚结婚时，丈夫还在新疆的喀什，我见识过那个被传说的城市，充满了异域风情，但乌鲁木齐与喀什距离三天半的长途汽车，足以完全颠覆我的想象，异域风情便也失去了诱惑。车长时间在戈壁沙漠里行驶，四面八方没有多少变化，地域的广阔在特定的时刻也一样能把人的精神摧毁。所幸，那时我对未来尚有诸多的期待和好奇，即便生活已呈现出艰难的一面，我的希望也不曾罢过工。

有希望才有温暖。

丈夫一早便穿过一道道车厢门，又过来陪伴和守护我与女儿。车窗外，远远闪过的树木已经没有了绿色，土地上也没有可以点亮眼神的风景，连阳光都隐匿在云层里，秋天的肃杀气息浓厚，好像某种暗示。我在列车的匀速中安静下来，看着女儿和周围的人熟络，从一个隔间到另一个隔间；看着喜欢皱眉头的丈夫温和的笑容，他脸上的疲倦还那么深刻，却以笑容迎对我们。窗里窗外，不一样的风景，不一样的温度，我多么喜欢窗里这有人情的世界。红尘陌上，独自行走也许洒脱，而有人相伴，又是多么幸福的事情！

不知道什么时候，列车进入新疆地域，过吐鲁番时，遥指着远处黑得发亮的火焰山，跟女儿讲孙悟空向铁扇公主三借芭蕉扇的故事，女儿不懂故事，只听到孙悟空是猴子时，便勾起手做猴子的模样。我不记得给她学过猴子，也不知道她跟谁学来的这招，但那模样实在招人。我笑起来，两岁的女儿，果然是有见地的。列车继续西行，大西北的广袤与苍凉显现出来，戈壁和沙漠，漠不经心地跟随列车一直向前，几蓬干枯的草蹴在满目的沙地和盐碱滩上，稀稀落落。更远处，江南水沟样的河段，歪歪扭扭，不知所措的样子，河岸旁有灌丛，不茂盛，那是红柳，实在是很诗意的名字。也许正因为诗意落在戈壁上，所以才让文字里的戈壁滩不缺浪漫，也不缺诱惑。偶尔，还会有几株跟河道一样不端不正的树木，岔着干枯的枝条，在宁静中落寞而孤独。丈夫说那是胡杨。明信片上极具生命力、极有美学意义的胡杨，在我眼里竟败落得毫无特色，远远望去，就像一心只守候着日出和黄昏的垂暮老人。沿途人烟难见，有时会闪出几幢低矮破败的平房，而周围看不见人影出没。是少有人烟，才有戈壁的荒凉，还是戈壁荒凉，才让人烟稀少？不管怎么说，人与自然的不相侵扰，或者才是最好的相处原则，可惜人类做不到不侵扰，于是自然也不能不回报侵扰。

无论多辽阔，终点都是要如期到来。乌鲁木齐是骄傲的，它有自己的时间，与北京时间有两个小时的时差，我的理解是可以晚睡晚起。不仅如此，它还有属于自己的季节。十月底，我离开的江南秋季才刚刚开始，宽大的落叶还没到纷纷扬扬的时候；在陕西，秋风虽凌厉了些，但还可以用“秋高气爽”来形容；而乌鲁木齐，已经是冬天的模样，下过好几场雪了。我们到达没几天，又一场大雪漫天而下。女儿兴奋地说，下雪真好！说这话的时候，她依然还有着南方的口音，在电话里用方言说很想外公外婆，想回家。十数天后，她独自看电视学会了跟着节奏跳维吾尔族舞蹈，再往家里打电话，她已经听不懂外公外婆说的话了。

由南向北，由东向西，我们终于停了下来，开始了乌鲁木齐的生活。

在新疆，与他们相遇

1

采访回来，小双告诉我，来了个新人，漂亮。他看看我，龇着一对虎牙，笑得诡异，说，长得很高。我的八卦之心才发芽，还没拱出地面见到阳光，便被他这一板子给拍死了。我来自江南，有江南女子的小，却失了江南女子的玲珑，肩宽背厚，骨骼饱满，于是对于好看的女子，我是喜欢且忍不住要品评的；但若生得高，我先是忍不住要心生嫉妒，再装不屑。没办法，女人的天性使然。好在我虽不见半分精致，偶尔还可以在文字里挥衣舞袖，“咿咿呀呀”地扮青衣，唱花旦。奇怪的是小双，明明就是生于斯长于斯，大西北的地理、气候环境和饮食习惯都足以将他养成个彪形大汉，可他就是长得灵秀细腻，不见半分粗粝，也没有本土很多男人身上的那种戾气。我想也许是他在武汉上大学时，被长江水给滋养了，还有南方的风，湿润润的，不带一丝蛮劲，就那么温柔地吹，再粗糙的男子，怕也禁不住这样的柔情吧，不知不觉就有了江南的味道。

办公室的人不多，采访的出去采访，办事的出去办事，余下的就安安静静地干着自己的工作。这是一间大办公室，几个柜子成了屏风，隔出相对不同的几个空间，每个空间是相通的，偏个头，也许正好就与总编大人审视的目光相逢了。见我反应冷淡，小双两颗虎牙又闪了闪，说，猜猜，快猜猜她多高。我犹豫猜与不猜，他却兴奋起来，没等我的态度明确，已脱口而出，至少有一米七五！你说女孩子要这么高干吗？

我正要做出一副不闻世事的样子，却忽地想起，这个平时严肃得可爱，现在又八卦得可恨的男孩还没有女朋友呢。我脑洞大开，把小双重又扯拉过来，知心姐姐一般的温和，快说，这高个子的漂亮妹妹是不是你的目标？我没忍住挤眉弄眼。小双如我预期地羞涩起来，他每次羞涩都特别明显，想让人看不出来都难——整张脸都是红的。偏偏他还要掩饰，还要耍贫，我觉得跟你合适，做你保镖是可以的！

初见新来的美女同事阿彤，长腿细腰，明眸皓齿，果然让人眼前一亮。美女倒是直爽、大方，办公室的人个个招呼着，不知是不摸底细不肯轻慢了谁，还是年少老成。漂亮的女生本来就招人喜欢，还不扭捏做作，由不得我一开始生出来的那份抗拒，倒是喜欢得很。传言呢，阿彤来自兵团，是军区某位领导介绍来的，在我们这一拨人里，就算是有背景的人了。许是因了我也是军人家属，在或有或无的背景墙上我俩有那么浅浅的一点交集，海拔高度的差异竟同时被我们忽略，彼此都表现出一见如故的投缘来。小双对此则表现得很不屑，一味只说缘于我俩都很男人。阿彤就很男人地说，这世界男人都不肯男人了，只好让我们女人来男人。我惊讶不已，本以为才二十岁出头的阿彤正是天真烂漫的年龄，不想她的言语里却有着千山万水走过的深刻和睿智。

阿彤被放在广告部，广告部是纯粹的创收部门，以阿彤的貌美，再以她背后的关系，不用来创造财富实在暴殄天物。我们都有这样阴暗的心理，觉得美丽是吸铁石，可以毫不费力地吸取很多财富，何况，她还有一定的背景。阿彤似乎并不肯担待我们的期待，对压上来的广告任务毫无要去完成的意思，每天像我们一样来坐班，看着谁有空了，坐到谁跟前，聊天，吹牛，也不在意她的笑声有多响亮，根本不像我们顾忌着在总编的眼皮子底下，说个笑话有时还要轻着嗓子，笑起来经常是悄没声息，光咧嘴。

没什么具体事务，闲在办公室总有些扎眼，阿彤改变了战略，不再整点上班下班，而是来得晚走得早。以她的工作性质，时间不固定倒属正常。我再出去采访，有时就会邀了阿彤一起，她人虽跟着我出来了，但并无心做什么采访，只说做这样的记者无聊，追的是案子，看的是卷宗，聊的对象不是毫无表情的警察就是低了眉眼的嫌犯，翻来覆去都是压抑的事件，让人觉得整个世界都是黑暗的，倒不如安静地守着一种生活，看云卷云舒。她说时并无半点激昂，毫无往日几个要好的人在一块儿冷嘲热讽、互相挤兑时言语的激烈。

我正行走在马路牙子上，为了保持在狭道上的平衡，不得不张开双手，以一种飞翔的姿势向前。她的话止住了我的飞翔，企鹅般从马路牙子上趔趄到平坦的地面，海拔差瞬间又拉大了，使我不得不仰望她。于我，法制记者并不是最爱，但当时的生活由不得我挑三拣四，能有一份跟文字有关的工作已是奢求。我喜欢的风清月朗只能退居在生活的某个角落，等待崭露头角的时机。我根本无法看透这个年轻的女孩，她有时毫无心肺，有时又高深莫测，既热情坦荡，又安静沉郁。我一度还很努力地鼓动小双去追她，结果发现他们根本就是个性截然不同的两个人，相处和谐，不过无关风月。

2

除了一间大办公室，当时上级单位还拨给社里单独一间屋子，在二楼，有台电脑，专用来排版，这样就省去了把杂志拿到外面去排的麻烦。燕子独占此间。她原是财会人员，不晓得起了什么心思，偏要去学排版，学成归来整天跟我们说什么方正书版、Photoshop 之类，对每个月我们领多少钱，拿一笔稿费要上多少税这样的话题，她是绝口不提了，好像从一个世界进入另一个世界，她的记忆和思维被彻底颠覆，从此当朝再无前朝事。那时网络刚兴起，这唯一一台电脑也成为我们上网的启蒙；而启蒙的源发地，则是“新丝路”聊天室。休息时间，燕子通常要让出电脑，给我们上网聊天的。与陌生人聊天本是件比较私密的事，但我们经常四五个人挤在电脑跟前，无论谁占了聊天的位置，剩下的几位一定是都七嘴八舌地参与，说是私聊，实际是一帮人在和一个人聊。有时看到屏幕上对方发过来的话，若是有了暧昧的味道，大家就哄笑起来，甚或有人还想引诱着对方继续说些更入骨的话。幸好那时人对网络的了解还不是非常透彻，也不敢太过放肆，即便说些暧昧不清的话，总还算端得住自己，懂得适可而止。我在小双的指引下，有了网名，有了固定的聊友，而他们也知道我旁边的小双和阿彤，有时候电话找过来，办公室若正有小双和阿彤在，他俩必不闲着，一边一个把耳朵贴过来，因了电话那端的某句话，我还未及开口，这两人已你一言我一语地冲着电话喊开了。我按下电话免提键，走得远点，好家伙，这两人居然一点不含糊地跟人聊得热火朝天。所以，我的网友也一定是他们的。现在想想，那时的网友间，是真单纯的友谊；而我们，也真过了一段欢实的日子。

没多久，单位附近新开了一家网吧。阿彤请我上网，二十五块钱一小时，那时还真是舍得。我用的那台电脑没有五笔，拼音打得慢，加之南方人对前鼻音、后鼻音，卷舌、翘舌分得不那么明显，没有联想功能的拼音又规矩得不得了，一点点提示都不给，有时几分钟还没打出两个字，对面是新聊友，不知道这头的事，便秘一样的聊天任谁也没有这个守候的耐心，等我好不容易打出一行字时，屏幕上显示聊友已退出了房间。反复几回，我索性退了电脑，坐到阿彤的身边，看她舌战群雄，时不时地还跟我糟践一下某个人，丝毫不顾及形象地吐出几句脏话。这时候的阿彤，才表现出她的率真来，不带一点儿遮掩。但一离开网络，归于现实之后，她却像身披了战甲，你根本无法击中她身体的某个部位，除非，她肯低下头。

阿彤并没有她表面那般快乐，我能感受到，但她既不说，我也不能问。

乌鲁木齐的夏天是舒服的，昼夜的温差让夜晚有着南方无法达到的清凉与舒适，而时差则让夜晚变得更加漫长。那年夏天，整个乌鲁木齐似乎都在骚动中，香港回归的兴奋余震一样一直持续着，人民广场每晚都像是在进行一场又一场的派对，常常天色还未向晚，广场就已是人群欢涌，热闹非凡。在乌鲁木齐已生活两年，依旧习惯北京时间的作息，通常是十点之前就陪着女儿开始入睡的准备。小双和燕子都曾讥笑我，说十点钟的乌鲁木齐，夜生活还没有开始呢。我没有夜生活的概念，只因循时间的规律和身体的生物钟，有时为了赶稿开夜车，熬过十二点，大脑皮层已开始兴奋，身体却疲累到无以复加，这时候再睡，却是连觉都没有了，或者浅浅入眠，如蜉蝣于水上。

那天已过十点，收到阿彤的传呼。下楼用公用电话给她回过去，却是要我去人民广场。快出来，我们等你！她欢快地说。我问“我们”是谁？她说一群网友啊，想要见你。我直接回绝。听到那边一阵一阵轰涌的笑声，还有人冲着电话在叫嚷，就像网友给我电话时，小双和阿彤在旁边的无所顾忌。我忽觉这是阿彤在用我的方式来回报我对她的不设防：我毫不掩饰“仇高”的心理，却依旧坦然立定在她的身边；从来都不曾私有过的网友，她和小双可以随性介入我们所有的话题；从未过问她的背后，即使传言和流言像墨水一样，将她的美丽与姣好涂染得失去本性——最终我没接受她的邀请，归根结底，并不是一个喧哗的人，对于陌生的人群，总是先发制人地排斥和抗拒，我并不想唐突而轻率地进入一个我不熟悉的世界。

在这之后没多久，阿彤离开了杂志社。没有专程的告别。她来的时候有小双预告我，离开却无人提及。算起来，她只在杂志社待了三四个月。一年后的某天黄昏，在广场遇了阿彤，她高挑的个子淹没在人群里并没有单独和我在一起时那么鲜明突出，反倒是她看到我，过来打招呼。旁边一个小伙儿，个头并不比阿彤高，两人站在一起，更衬出阿彤的挺拔与端正。小伙神情有些倨傲，阿彤说，这是她的未婚夫。说这话时，脸色是寡淡的，这样的寡淡在日渐暗淡的暮色里，有种无法言说的寂寞。阿彤说，她去了部队院校，现在正上学呢。广场的人真多啊，人声鼎沸中，我无法完全听清阿彤呓语似的话语，但我清晰地感知到她的不快乐。

数年后，在北京接到阿彤的电话，她还在军校，是一名教员了，至于她教的是什么，她不说，我仍是不问。既是教员，总有她可教授的东西，只是这么多年，她可还有过那夜在电话里放肆而欢快的呐喊？

3

乌鲁木齐的冬天很漫长，不过漫长的冬天并不寂寞，总是伴随着一场场纷扬的大雪。我对雪的概念完全来源于幼时每年的一两场雪，所谓大雪，也不过是一落即化，像下了一场细长的雨，把田间地头的土给润湿了。乌鲁木齐给了我这个南方人绝对的震撼，果然是广袤之地，随随便便一场雪就是又大又密，让我明白所谓“鹅毛大雪”绝非夸张或是形容。除了鹅毛大雪，还有细密结实的小雪粒，不是飘落，是砸落，打得脸生疼。在这样的天气里跑采访，对我们来说是常有的事，突发的事件或既定的安排，极少因天气变化而改变。第一次和老龚一块儿采访是去监狱，我是缺了方位感的人，而他是个极其敏锐的人。采访结束出来，才发现雪飘得没有边际，地上已是厚厚一层。监狱在戈壁滩上，放眼望去，满目银白，连东西南北都分不清。我讶异于戈壁滩上茫茫白雪覆盖的壮观，而忽略时间已近黄昏，童心大发，欢叫着，一心扑向平坦无垠的戈壁，却被老龚一把拉住在大风雪里狂奔，一边跑一边大喊，只怕再晚就没车进城了。十几分钟后到达车站已是气喘不已，没几分钟就来了辆小巴，果然，这是发往城里的最后一趟车，因了大雪，因了路途的遥远。

在大雪中一起狂奔，说起来总是更多一些浪漫色彩，我和老龚也因此而关系密切起来，在几次专题策划里，都是我俩在一组，采访、写稿，我是他稿件的责任编辑，他亦是我稿件的责任编辑。合作得久了，彼此间就多了几分默契。有次，一个老乡曲里拐弯地要了我的电话打过来，说他的儿子在乌鲁木齐打工，却受不了这里的苦，而工地又不肯中途把工钱支付了，要我帮助孩子要回工钱。我以为是让我出面摆平这事，义愤填膺之下满口答应，放下电话掂量了一下自己的分量，似乎还没足够的能力和勇气去跟人交涉。老龚听罢轻笑，说出一、二、三、四几条来，条条都是正义正气，又自告奋勇帮我力担此事。结果他要过那孩子电话一问，竟只是想借点钱回家，至于讨公道要工钱之类，根本就是老乡自己的想法。第二天，孩子过来取钱，约好就在单位大门口见。大门口有哨兵，不至于有什么危险。老龚不放心，跟随而来。他身材高大，严肃起来确有几分威严。我用家乡话跟老乡的孩子聊了几句，这也是种试探的方法，乌鲁木齐南方人不多，我家乡的人更喜欢广东和福建，能来大西北的，多是心里有梦，或要远远逃离故土的人。老龚并不认可我的方式，抛出几个问题，第一个便是问我的姓名。老乡的孩子只知道我的姓，这就不免有了尴尬。后来得老龚批评，太易轻信于人。我不能不服他的警惕，跟法制沾了边，整天跑的单位是公检法司，如果不比常人多出一份对人、对事、对物的本能怀疑，就有愧于这个职业的性质。但轻信是骨子里生就的，比较习惯，即使有了一定的年龄和阅历也没能让自己世故起来。况且对我而言，轻信他人比怀疑更简单容易。

平时没什么事时，老龚会挤进我和燕子的谈话，反正聊天，多个人多个话题，再互相掐一下，怎么都能聊出一团乱笑。和阿彤一样，老龚也来自兵团，原在企业做办公室主任，还有个诗人的头衔。写诗的人对生活总是有着不一般的想法，与普通人对生活的期待不一样，如我，只为立足，喜好只能封沉于黑暗。

毕竟是做过企业领导，无论说话还是行事，老龚都比我们想得周全。既有飞翔思维，又务实肯干，再加上原来的广泛人脉，老龚可以说是能文能武，实在也是人才。所以，不过一年的时间，老龚就被提拔为副总编，成了我们的领导。

当了我们领导的老龚表面上没什么太大变化，照样跟我们嘻嘻哈哈，但我还是觉出他慢慢生出来的疏离。也许人处的位置不一样，情感的角度也会不一样。只说高处不胜寒，那高处，很多时候其实是自己要的；那寒，似乎一件外衣，站到了一定的高度就身不由己要穿。虽然觉出疏离，却未曾感受那层薄寒，也或许是我反应过于迟钝，当他人的尖言利语失去，都一派温和地叫他“龚总”时，我还是没心没肺地沿用着之前的称呼，一口一个“老龚”。老龚其实年岁不大，偏就被我喊老了。当然我也偶尔会看到他脸上闪过的不快，或者是尴尬，却总是忽略掉。有时候电话里，他像是无意又很刻意地说“我是小龚”，到我这里，又成了“哦，老龚啊！”。我们拔河一般，过分地瞅着绳索中间那个结的移向，但这种力量太过均衡，很长一段时间，我们谁也没把那个结挪动半分，他依然“谦逊”称自己“小龚”，我也执拗地冠他“老龚”。

4

已经忘了燕子是要出什么幺蛾子，一个排版人员竟然要上稿，还不屑于空挂名，把我拉过去当枪手。小孟开车顶着大雪和小双把我们送到采访单位，临走时说一句“采访完呼一下，来接！”，一副很冷峻的样子走了。我知道他的冷峻很快会消融，他的表情会在和小双几句话之后变得邪恶，厚肿的眼皮下面，笑眯了的小眼睛几乎失去踪迹。我们一直在拿小孟的小眼睛说事，他常常要气急败坏地说，小眼睛聚光！我在他眼前左摇右晃，纳闷儿地问，聚的光在哪儿？这时的小双，一对虎牙要龇上好久都不肯收进去。

采访很顺利，采访对象是提前安排好了的，什么类型、年龄段，条件一旦固定，目标就明确了。几个女子依次而来，清一色的素颜，有着浓妆之下不曾有的简洁与素朴，还有清丽秀美。有羞涩之心的，会低了眉眼，一问一答间总是会做些掩饰；不那么在意的，倒恨了不是舞台，不能挥衣舞袖，翘着兰花指咿咿呀呀。做为人所不齿的事，理由自然各一，有人为了生活；有人为了爱情；有人懵懂，只道涉世不深，一步错，便步步错，回头已不见岸；还有人呢，玩世不恭，单纯只为体验。燕子是警察世家，又是警察家属，与守候一旁的女警相熟，两人低了声息聊些家长里短，聊到开心处，唇角皆绽出花来。这时候，低了眉眼的女子忍不住抬头看定她们，满眼的艳羡。闲处的安定、自然，在失去自由的人眼里，也温暖成一道风景。采访结束跟燕子说起那女子的眼神，我只是唏嘘，她却怔愣之间神情已黯然，眼中泛起泪光。在等候小孟时，爱说笑的燕子竟沉默在纷扬的大雪中，宽厚的背影在茫茫的白雪之中安静素然，好似一朵雪莲，孤独寒绝。我无法解读燕子，她本来是个美丽决然的女子，患心脏病吃了过多的激素药，由美人变成了胖美人，内心便多愁善感起来。善感但不敏感，更不多疑，脸上时常弥漫着笑意，让人在面对她时通常是不肯设防的，但同时她的唇齿也是伶俐的，她对于一些突如其来的事件的反应迅速而有力，通常我还在别人的冷言峭语中处于懵懂状态，她已舞着寒光闪烁的剑将对方逼退。她的宽仁与豁达时时给我错觉，总以为她应该是行过万水千山，看过人世沧桑，甚至历过人间轮回，但事实她只不过长我三个年头。虽然，她的凌厉也会如一道闪电，仓促而激烈地闪过，只是我们惊异却还没来得及惊异时那道闪电便悄然沉寂，反让我们的仓促像退潮瞬间的暗礁，湿淋淋地突兀在潮水中。在新疆的几年时光里，燕子温厚与尖锐并存的行事风格让她成为我的偶像。

燕子最终放弃了独自署名，她的放弃没有道理，又似乎顺理成章。她开启了我的枪手生涯，又顺手将它结束。她的悲悯，常态而又奇崛，她的柔软，像暗里的空，伸手皆是，又触摸不到。

5

在小孟来杂志社之前，我采访从来都是坐公交车，包里揣张市区图，去哪儿坐几路车，提前打探好，写在纸上，车上再拿出地图研究。没有方位感，地图真是用来装样子的，若遇了车上有人热情，主动来问去哪儿，于是采访地点在下车多少米后左拐或右转，就都清楚了。

小孟是老龚介绍过来的。那时小双是发行人员，却又不是现如今的发行概念，他的杂事很多，回想起来，一个正经的理工男，还是总编的儿子，在杂志社里做些杂务真是荒废了他的才华和时光。但那时并不觉得小双被荒废和辜负，他把所有的事情都打理得有头有序，让人说不出一点不是，完全符合他“理工男”的标签。小孟来了之后，除了帮衬小双发行事务，还兼着开车。那时社里唯一辆桑塔纳轿车是常务副主编拉来的赞助，说是赞助，实际还是付了几万块钱的。车是领导的坐骑，象征身份，有独享性。小孟其实是非常冷傲的人，脸上的表情很少有阳光灿烂的时候，跟他说话总免不了有些发怵，那浓重的新疆口音里时时透着不耐烦，像被人惹怒了一般。我老担心他会爆发，一米八七的小伙子，真要发作起来，绝对有半颗原子弹的威力。好在，他也只是看着不耐烦。起初，小孟并不那么合群，做过生意的人，大抵是有一颗睥睨世界的心，我们这些摆弄文字、弱弱地挣几个稿费的穷酸之人入不了他的眼。但万事万物都是变化的，变化的缘由就是跟着老龚蹭了几回车，上赶着跟他搭腔聊天，受了委屈抱怨爆粗口时也从不避他。于是冷傲的小孟于我们就有了丝丝缕缕的春天的气息，等这气息一浓，温暖就辽阔了，止也止不住。再出车，哪怕只是去送个文件或取什么东西，也要悄声招呼一声，我们便各自寻找借口，约了一块儿出门——能有什么事呢？就是蹭坐车，在车里胡侃乱聊。待小孟办完事，最后总归要商量去哪个地方吃饭。那时候，吃饭真是我们的大事，刮再大的风，下再大的雪，也不能阻止我们一颗胡吃海喝的心。新疆的饭食，无肉不欢，且盘大量大，真正诠释着西北人对于“食”的豪爽。世事之外，风雨之中，我们像嗅觉灵敏的猎犬，奔跑在乌鲁木齐的大街小巷，哪怕只为一碗面，也乐在其中。如今想来，所谓酒肉朋友，大概我们是其中较为特殊的一种。人情越来越世故，也许只有食物才能让一颗冷寒的心变得有温度、有热度，也只有在美食之中，才能忘却身外的寒冷，忘却人世的凉薄。

小孟祖籍山东，说话大气，很有大男子主义的味道。他最常跟我们说的，是他的女友，因是女友追的他，所以说时又故意表现出很多不耐烦。我与燕子就那么上当了，经常摆出街道大妈的架势来教训他，一旁的小双，连女朋友都没有，却与小孟站在同一阵营，可着劲儿替小孟辩护。后来在我们的强烈要求下，小孟直接把我们载到女友单位，一见面，才见识高壮粗猛的小孟极为温柔的一面，原来在我们面前所有的不耐烦都是只为掩饰他的羞涩，甜蜜是捂不住的，他用另类的方法诠释着一个大男孩的甜蜜，而我们自以为是的训导，不过是为他的甜蜜发酵加温而已。唯有小双不谙男女之情，连呼上当，与我们示好一般一头扎进批判小孟的阵营。一车人似乎总在吵吵闹闹，从未有过消停，也未有过固定的盟友，嘴上打着乱仗，关系却在这种不讲缘由没有章法的相聚中越来越紧密。欢快的时光，总是过得比较快，倏忽一下，几年就那么过去了。而我，临着离开也越来越近，只是那时我们都没有意识到，在这一车人中，貌似最为弱小的我是最早离开的。我离开之后，或许是环境使然，他们再也没有这么一起出来过，在风雪天里，在炎炎酷夏，一边拌着嘴，一边搜寻美食。时间在前行的途中，过往的事物并不全部在时间之上，我们回头，有些东西已被抖落掉，有些东西，则鲜明如昨。

很多年后，小孟来到北京，这时候的他已经是某出版社一个中层干部，他说话的神态未变，我还是担心他会在某句话后会因了某事发作。他却平和了许多，有了临近中年的稳重与踏实，他的激进与傲慢像件被洗白的外衣，或许能看出那痕迹，但也只是痕迹，还是隐约的。

6

不知从什么时候开始，杂志社越来越庞大的人事愈来愈复杂，领导和领导之间因权力的不均衡而形成对立，表面的一团和气下是暗潮汹涌，不同部门的人员也暗暗地却泾渭分明地选择好自己的立场。我或许是这暗潮之中最置身事外之人——直到所有矛盾公开，派别之间几乎没有任何遮掩，才发现自己在两派之间的毫发无损，并非缘于我的懵懂或是有左右逢源之术，而是一干人刻意的保护。

小双就是其中一个。

与总编的父子关系，注定小双无法逃脱这场权力游戏。我总记得他越来越紧皱的眉头，两颗硕大的虎牙不再那么放肆地外露，甚至，他的额头密集着的一层暗淡让我时时想到“印堂发黑”，可见在这场与他无关的你来我往的争斗中，他承受着怎样的压力。所幸，他行事的认真与严谨让所有人都无可挑剔，每周例会，他在表达问题时也十分公正客观，从未借题发挥说些有指向的话，他的冷静与理性完全不是那个在车上跟我们胡侃乱聊的男生。因为迟钝，我没看出社里的分门别派，更未觉出“山雨欲来风满楼”的动荡。其实，迹象是有的，有好几个人曾试探过，甚至还有赤裸些的，诱导性地说些谁能力更强大之类的话，我自动忽略掉话后面的意味，仅把这场权力之争当成了普通的矛盾而已，想法不一样，观念不尽同，有些矛盾也是正常！这自是当年我的幼稚，可许多年后，我依然执着着这样的幼稚。后来有人总结我其实并不适合做一名记者，因为我习惯置身热闹之外，事不关己，高高挂起，缺乏记者应有的敏锐和胆识。我很认同这个总结。

我无法想象，小双并不高大的身躯竟有着大鹏一样的双翅，他悄然将我护在翼下，既不让这派伤我，也防守着另派对我的中伤，风雨在外，我竟安然。当两派之争彻底公开化时，我才发现自己一路行程的惊险——走得最近的几个人皆稳当站立左右，因为毫无心肺，我的一言一行，反而有了双面间谍的味道。在有些人看来，我并非与世无争，不过是自以为在各方诸侯里游刃有余，也许是如墙头草，只为了等待结果明朗之后的投奔而已。小双懂我的无心，他从不曾因此疏远我，或许他能明白，无论世事，不管红方黑方，皆有恩于我，没有投奔，只有尊敬。

只是覆巢之下，安有完卵，我的安然若素并不是所有人都愿意看到并认同，于是我终被莫名卷进一些是非之中。我习惯于身边人的开诚布公，应付不来曲里拐弯的流言蜚语，伏在桌上，唯有伤心流泪。燕子安慰半晌，给老龚打了个传呼。老龚和小孟正在去外区县参加活动的路上。收到传呼，他们掉头回返。老龚一言不发，拉起我就走，好似我们初次去采访，他拉着我在雪中狂奔。那时我虽错过戈壁的壮观雪景，却赶上了最后一班车，安然回城。

车上，老龚待我略有平静才说了一句话，什么都甭想，只管跟我们走！

嗨，西安

与西安相见是很多年前的事，那时我还是花红柳绿的样子，从一路葱绿的江南小城来到满目清黄的西北高原。西安只是一路奔袭之后的必经之城，必经之时，并非每次都做停留，只是偶尔，观光客一样驻足。说是观光客，却并未将多少风光纳入眼里，何况，此时的我心中正荡漾着爱情，眉眼间的春风只为一人锁定。所以，一路的行走只是在做一个简单的穿城，漫不经心，不好奇，不惊奇。管他汉代还是唐朝，长安还是西安，多少朝代的古都于我而言，只不过是一座被标为“古”的城，没那么明艳，也不鲜亮，如落了厚尘的雕塑，毫无轩昂之气，木讷讷地立在西北的方向。或许，因为西安不是我的城，亦不是我心中的城。我的梦想落在一望无际、能策马奔腾的大草原，落在遗世而立、雄浑壮美的沙漠与戈壁。想象中，绿意盎然的草原上一个素朴的蒙古包，或黄沙漫漫中一处被风蚀的小土房，像在红尘与世外的交界，似乎更容易让人心动。亦或许，其实什么都没有，没有梦想的世界，没有现实的城，只不过有一颗开始恋家的心，在一阵行走的疲惫中落落寡欢。于是就那么敷衍一般随意穿过，低眉耷眼，像是沉淀了许多风霜，刻意迎合着这个声息都带着古旧气息的城市。再加上耳畔时不时荡过我无法辨析的陕西话，横平竖直的语调总出其不意地在某个地方折过去，折成直角、锐角或钝角，我被那些角戳中，译不出它们真切的意思，便只能在恍惚中彻底将心思收了，不肯再费力去听，生怕不经意中再聚拢了那些纷纷扬扬的角，让我的茫然一览无余。

一座古城，有着深厚的文化底蕴和历史渊源，有无数可以细细品读的情与景，有秦砖汉瓦、唐诗宋韵，甚至还有金戈铁马、冷月秋霜。但万千之中，我只清楚记得杨玉环的丰腴娇媚，记得杜牧的“长安回望绣成堆，山顶千门次第开。一骑红尘妃子笑，无人知是荔枝来”。想这玉环，受尽万千宠爱，到头来，依旧落得个魂销马嵬坡。人生起落太快，想必也是悲剧，但处在那么一个时代，女人的命运维系不就是自己的男人嘛，只不过，她的男人承载的东西太多，给得下一个女人的所有，也毁得了整个天下。“君王有泪救不得”，在我这样的小女子看来，不过一种托词。江山美人，有了江山才有美人，拥美人而弃江山的，总是异数。可怜不过杨玉环，貌倾天下，却逃不脱时代政治的无常，倒不如一个普通女子，在凡尘俗世过着平凡安然的日子，就算有一天“姹紫嫣红，青梅已是旧物，莺飞蝶舞，春光不似当年”，能有年老色衰的一天，也是生命的体验，又何尝不是人间的幸福！

唯有轻轻一叹。我那颗率性的心，再不愿向历史的深处探去，古往今来多少风流，就任它们成为历史的尘埃，消弭在浩瀚的时光中。轻飘飘地穿过已没有多少旧迹，也未显尽现代都市繁华的西安街道，我执意不作过多停留。不说自己的轻浅与浮躁，只说这城过于沉静与琐屑。年轻如当时的我，并不肯驻足回望，哪怕这城曾经是大气磅礴、富丽壮观的六朝古都。历史深邃幽长，而我所能到达的时空，在无数卷册中，可以浩瀚到无穷。如是，又怎肯仰起头，细数一座城那已落满沧桑的年轮，即使那年轮之上依旧闪耀着熠熠光芒。

就这样错过古时的长安，错过一段辉煌。或许至今我都可以用年轻来搪塞当年对于西安的漠视，我以为自己与这座城的交集也许仅仅止于那一次彼此毫无感觉的相遇。西安的不以为然，我的世界也不过自此多了一笔“到此一游”。

没承想，几年后，西安却成了一个标签，荒唐地贴进我的记忆，让我对西安的无感越发鲜明。那本是一个小小的插曲，但小而尖锐，使我每次听到“西安”时便有些冷峭。想来还真是我的狭隘，一座经风历雨，被千年岁月洗礼过，曾经煊赫繁华的城市，竟因一件微不足道之事，被路过的我鄙夷了数年。那时女儿刚满两岁，由南往大西北，开始我们一家三口的团聚之旅。路过西安，我们都趴在窗口向外张望。站台的风景大多相似，不过是往来人流中的告别与重聚，喧闹与孤寂。窗口前的我们，本也是织就这些迎来送往中的一根丝线，看别人，一如看着十几个小时前的自己。也许时光会改变人的心境，尽管眼前能看到的只是站台的风景，而站台外面略显阴暗的天色却让我忽然有种怀旧的感觉，好像几百年前的时光在一片喧嚣熙攘中悄悄临近，执拔轻薄的尘，泛着微微的黄，与我隔窗相望。我一时有些惶然，想几年前对西安的漠视，心中竟有些羞赧。而此刻，窗里窗外，一样的人间，却两样的世界，一种是明媚生动的现在，一种是沉默苍凉的过去。与时光对望，我忽心生柔情，就好似那次我低着眉眼穿城而过时，倏忽抬头，惊见那堵古城墙时的震撼。青冷的墙砖，岁月风蚀的斑驳，高大宽厚的城门，在微薄的阳光中，端正肃然。我对西安所有的轻薄，所有无意识的拒纳，在那瞬间消融。这才是历史的延续，用一种磅礴、凛然的姿势护卫着数百年的风霜雪雨。

我以为，对西安的情愫正在像泉水一样，一点点渗出来，曾经不是我的城的这座城，在这样的凝眸中也许就一点点洇进心里，成为我生命中再不肯离开的城。

然而现实以啼笑皆非的方式让我泛生柔情的心失去柔软，我对西安重回浑沌无情的冷漠。那是开车几分钟之后，我们才发觉座位下女儿的鞋子被人收走了。鞋是新鞋，还未成长到“垃圾”的级别，想见是刻意而为。途中失鞋，算不得大事，何况女儿年纪尚小，背着也不成负担。但心情忽而转换，真正是“一时风雨一时晴”，对西安那芽苗一样弱小的好感，在女儿借势的悲伤和愤怒中，已然夭折。而自此对这座古城，再无春花秋月之情，即使诗文中遇见，也不屑于然。“有一些隔绝在人与人之间，可以轻易地就在彼此间划开深深的沟壑，下过雨，再变成河，就再也没办法渡过去。”西安于我，就是这样的隔绝，只不过，无论我如何渡不过这下过雨的河，西安依然是西安。一座城有着一座城无关悲欢的泰然。

从此数年果真与西安无缘，在往来不断的行走中，即使西安是一个无法回避的地方，即使我已经能诠译那些被折成各种角的话语所表达的意思，心中的芥蒂也依然硬硬地梗在那里，我不曾试图越过去，亦无心主动示好，投怀入抱。也许一河两岸的距离最是安全，没有拥抱，也没有伤害。

其实这样挺好。人一生相遇的城太多，喜欢与不喜欢，都出于自然，有让你怦然心动的地方，就有莫名不知所以之地。无论有多少人慕其大名，裹着风尘而来，只为一睹这六朝古都未曾消逝殆尽的旧时风采，被现代影视演绎得无比丰满与壮丽的历史遗迹，或感受其作为一座现代城市的文明与繁荣，它歌舞升平的盛况，流光溢彩的辉煌。我以为自己无论如何都会置身其外，西安不会在我的向往之中。这像是一个永远无法解释的谜，西安与我，各在其地，各安其生，本不相扰，却偏偏受尽我的怨怼。

琵琶弦上的嘈嘈切切没能打动我，历史卷轴中的关山云月没能吸引我，镏金宝殿里的帝王将相不能诱惑我，我执迷寻常的平乏与庸碌，像是毫无功力却又表现得如怀尽天下武功的高手，已于无形之中隔绝了西安，且一隔十数年。

时光无情——抑或是有情，忽一日就明明白白将西安推至跟前，我再不能闪身躲过，不仅不能，还忙不迭地撑起一脸的笑意，轻声地招呼一声，嘿，西安！

这果真是俗世的缘分，被我拒纳的城市，成为女儿生命成长的首站——她放弃了自己选择的大学，而来到应属于她父亲的城市，成为军校的一名学员。我不知道这是一种暗合还是命中的注定，曾经她在这里丢失鞋子，现在却在这里踏上属于她的人生之路。在西安的这所军校里，她如一朵含苞的荷花，缓缓盛开。我是那趋荷之人，每到思念至极，便一头扎进西安，这时才发现，对西安除了万千柔情，再无半点凌厉。原来“因爱一人，挚爱一城”是真的。因了女儿，西安成为词阕，供我一次又一次赏读，那些旧有时光，拂尽黯淡，在秦月汉风之中，以明艳娉婷的姿态舞动。那些历史，终于从亘古的荒野启蒙，蹚过日月星辉，越过山峦漫过河川，穿过斑驳的城墙，一点一点落进我荒芜的心地。西安，于我不再是被尘封的、毫无生动可言的城市，朝代更迭的辉煌与黯淡，诗词歌赋的悲愤与欢扬，战马的咆哮，将军的泪痕，武则天的柔腕铁拳，长信宫的凄婉哀怨……旧时长安，又怎能是一个杨玉环可以道尽！

如今再说西安，已不轻易标签为秦关汉隘。历史并不一定重复，但文明却一定会延绵。一个王权霸业之地，一个古丝绸之路的起始之地，在它每一寸的黄土里，除了拥挤的古文明，更浸染着现代物质与文化的文明。这座曾经我眼中雕塑一样木讷的西部城市，它不仅有数千年的故事，有明城墙、兵马俑、大雁塔、大明宫，还有有情、有景、有气节的白鹿原，有气韵铿锵悠长的秦腔，韵味绵延端正的西凤酒……

一帧水墨，淡淡霜华，或俯或仰，那画皆在心中，濡染着风月。这是西安！我不敢再轻视，亦不敢再莽撞，踮起脚尖走进这座城，既寻觅它深厚岁月的风雅与多情，亦体验它现代的富丽与堂皇。在它的流光溢彩中，我再次轻轻招呼一声：嘿，西安！

另一种相遇

我原是想遇桂花的。

好友的朋友圈里，晒着桂树，安宁的叶，细碎的花。说不上迷人，但那种不张扬却兀自明媚的模样就是让我心神荡漾。欢喜地给好友留言，我要去有桂花的城市了。好友说，来，应该有十来天的好天气。

一个城市，原本就婀娜的，再弥漫着花香，还是那种烈而不艳，干净又清静的香气，它怎可能不充满诱惑！于是欢天喜地的。

来了，却未有想象中迎面袭来的香气，哪怕是隐约的。八月桂花香，已经十月底了，秋意始浓，那些花香，想必是远了。何况我们并未在桂树繁密的城市逗留，一上车，直奔了山野。

我以为，山里的一个村落，仅仅是一个村落而已，既有朴素平静的面儿，也有破落贫穷的里子。所以当我们看过一路山水，将那层林尽染的山色尽收进眼底之后，我简单地把这个小村落当作长途后的歇息之地。像夜色临近时仅此一处的客栈，不容你太多想法，错过了，就只能揣着困顿疲累面对漫长的黑夜和旅途。

事实是，我们落脚的地方真的是客栈，只是它并没有旧时客栈的孤傲与蛮横，亦无“深山客不来”的落寞。傍山而筑，临水而居，“龙潭山居”是恰如其分的，却是老家最常见的楼房样式。江南乡村的楼房，相似度很高，多是横刀立马的五大三粗，这样的建筑，自然寻不到诗词歌赋里的平平仄仄，也没有古曲里青衣花旦的咿咿呀呀，甚至连“精巧细致”这样的形容都勉为其难。但没关系，乡村建筑讲究的是实用性和耐用性，经得起风蚀，耐得住雨侵，也就守住了属于它们的日月。

随了人流，踏着半层楼高的石阶入了客栈的门，却瞬间恍惚是从远处回了家，堂间干净朴素的桌椅，桌上冲泡好的茶水，一碟瓜子，正是乡间居家最常态的样子。唯有廊檐下几只红灯笼，像是要刻意表明身份似的，在我们的嘈杂声中，摇晃几下，停下来，再摇晃。红灯笼是用来迎客的吧，果然很尽责。

人声中，安然在桌旁坐下，不知谁将面前的茶换了新的，透亮的玻璃杯，绿莹莹的茶叶，一副热腾腾的模样。握满满一把瓜子，怡然地嗑起来。瓜子一定是炒出来没多久的，带着微微的焦皮气息，还有混合着八角（或者还有香叶、桂皮之类），仁饱满结实，香脆的味道让记忆瞬时远去。少年时瓜子是必不可少的零嘴，尤其看电影是一定要买上一包的，电影里的映像，瓜子皮的飞扬，这真是生活的一种恣意。

若正好影片里有嗑着瓜子倚靠门框的女人出现，便忍不住激动，不管那女子是何等人物，又是何等模样，只是那旖旎一靠的闲适姿态，就让我眼神发愣。也试过倚门一靠的姿势，于我那是把所有重量都放上去的笨拙，偏是自我感觉还好，以为也是影片里优雅绮丽的模样，会让家人忘却我平时的粗鲁，莽撞，还有顽劣。可惜，我靠得腿都酸了，身子也僵了，而所有路过我的家人无一不是一如既往地忽视我——或许，还很庆幸我终于安静下来了吧。我把失败归于手里没有瓜子，那是多么有力的道具啊！

端坐在椅上，想象此刻的自己，正在完成少年时的设定，当然不是一丝不苟的——经历了那么多的春秋之后，一件事，一个动作，要做得一丝不苟还真是为难呢。我微微笑着，沉进自己的曾经，那未被雕琢过的时光，羞涩朴拙。已完全忽视身旁正聊得起兴的朋友，还有同车往来的一群人，也都三五成群，各自论欢。这样的热闹，屋里有，屋外也有，各热闹各的，互不相扰。

从堂间移步到廊间，廊檐下的红灯笼，还是摇晃着，静下来，再摇晃。原来是山风经过，不见凌厉，还有些绵绵之意，怪不得它们心旌摇动呢！廊间阳光弥漫，初秋的凉意就不那么生硬了。一切都很随意，这样的居家客栈，这样的素朴光阴，这样的心无世事，刚刚好。

一直未在意这个小村落的名字，此地安宁，心也跟着安宁，关注的倒是路边的花草树木，待要想起，却也自然，听得多了，像这山野的空气一样，不知不觉就浸润了。总觉得这样的地方，名字总要有些古意才配得起这份朴素安宁吧？却不，叫五星村，是真朴素啊！

五星村坐落在山林洼地，从哪里看，都看不出去，除了山还是山，山山重叠，像是把繁复世事一一隔绝了。从客栈这头往村里行走，村子很浅，传说很远，我们猜测小村的历史是哪个朝代的人为逃避世仇，或者官方追杀，一路狼奔，翻过多少个山头之后，再逃不动，就此落户安生。只是不知，他们是缘于这里的山水丰饶，还是因山高水远，不过是忘了走出去的路。我们并没做太多演绎，多少光阴逝去，而这里的人家并未繁茂。傍山而屋，我们傍着山行。村里安静，连鸡鸣狗吠的声息都没有。还以为是时间尚早，却在一幢楼前遇到一个女子，敦厚地笑着向我们问好。果然是小小的世界啊！竟是与我们会过面的，前一天还给我们备过“铜锅饭”。说起来，“铜锅饭”大概是这个小村落里最考究的美食了——能把普通的米饭做出佳肴的丰盛感，不仅色香味俱全，还有仪式感。我到底没能把持住，把一锅“铜锅饭”吃得比同桌所有的男人都多，在美食面前，我总是忘了矜持。

从院落到屋里，从屋里再到院落，少有旧物的痕迹，或者一种生活的开始和延续，总会以抹杀从前作为代价。似乎从前与现在之间，有条深不见底的沟壑，能让我们一步跨越，从此便是这山与那山的距离，彼此再触摸不到。已经生活在城里的我们是这样，依然生活在小村里的人也是这样。搜搜寻寻，本是想找寻一段旧时光，不料我们的年龄反倒成为这个院落里最老的时光。

像要安抚我怅怅的心，一位老人踩着坡上的石径下来，看到我冲她端起了相机，稍稍一愣，随即枯瘦的脸庞泛起笑意，然后站定，像个模特似的摆正她的身姿。她神情坦然，没有一丝被惊扰的不安。我们沿石径上行，经过她时，她从屋里拎出两袋野生猕猴桃，用方言说“好吃呢”，她脸上荡漾着笑容，带着适意的距离看着我们，却无要上前纠缠的意思。山风微微地吹着，几缕乱发拂过她的脸，她那么从容静谧，一点也没有在意岁月将她打磨成了枯荷的模样。八十多岁的老人，她的存在依然那么柔软，却又那么有力。

还有呢。一幢陈旧的瓦房前，同样是一位老妇人在劳作，不远处，一个年轻些的男子也在忙碌着。每扇门都是敞开的。我们进了他们的屋，不知道是厨房还是堂屋，一面墙堆了满满劈好的木柴，一个三四岁的孩童，在堆好的柴垛前坐着，见我们进来，不胆怯，也不哭闹，只是目光一直在追随我们。柴垛应该是过冬用的。南方的冬天，本就阴冷，这山洼里，这老旧的房屋，想必也避不开寒冷，没有空调，唯有依赖这些厚实的木柴，温暖着正在临近的寒冬——我再次恍惚起来，似乎看到遥远的自己，举着柴刀蹲在灶前劈柴烧火的日子。那时上学，冬天我们都是一人挎着一个火钵，火钵下面埋着未燃尽的柴火烧出来的炭，上面再铺设一层带着暗火的灰烬，这样，才能让木炭在灰烬下慢慢地燃着，不至于一下子燃尽之后，剩下一钵冷灰。只是多少年之后，再也未见过堆砌得这么有序的柴垛了，若有，大抵也是用来做装饰的，那不过是精致过头，想寻一种拙朴的感觉罢了。这时有阳光进来，落在柴垛上，光与影，让柴垛一瞬间成了艺术。

而生活很具象。老妇人手下并未停住，和我们拉着家常，她的话我能听懂一些。于我看来，生活并没有很厚待她们，可她言语平淡，没有一句抱怨。男子是她的儿子，走路明显看出来腿是伤残的，不能出去打工，和她一起守着这山村的光阴。男子能听到我们的交谈，偶尔向我们看过来，与我们差不多的年龄，却有着与面庞相近的羞涩。他并不走近，也没有停下忙碌。这是清晨，阳光才照进这山洼不久。我们不愿意更多干扰，也以一副忙碌的姿态在近旁搜寻，剥落的水泥墙皮，墙皮里的土墙，江南乡村特有的竹筛子，上面还晾晒着红辣椒，还有一个被遗弃的瓦坛，甚至还在一间没人出入的屋子里翻出与我们同龄的谷箩。每一个事物都会牵扯我的记忆，那不是风景，而是一段段再回不去的时光——相似的是，可以让我穿过浮华去触摸的质朴。我们以外乡人的视角入侵他们的历史，而他们，并不觉得被侵扰，或许是明白，我们终归只是过客，是他们流水光阴里飘落的一片树叶，轻浅到连涟漪都荡不开。这没什么不好，生命原本有许多种形式，能淡定承纳的，就是平和的生活。

几根枯竹，一堆树杈，两块树板，一只狸猫温柔地与我对视，它没有惊怯我的靠近，差点儿我就触及它的毛发。我很想坐下来，靠着被阳光晒暖的斑驳的墙，微眯着眼，或惆怅或欣慰地看暖阳下的风物一点点被改变、被消弭。很早我就有着这样的渴望，但在一座喧嚣和拥挤的城市，没有一片安静、彻底的阳光可以独享。

站在狭小的院子里，看远处山色空蒙，近处田野安详。村子里没有袅袅升起的炊烟点染山水画的意境，这依然是凡尘，未闻喧嚣，干净的凡尘。

我们依依不舍的凡尘俗世。

路过包克图

我只是路过，像包克图一个不经意的日子里刮起的漫不经心的风。于你于我，都不过是惊鸿一瞥。一瞥之后，再淡淡忘却。很多时候，人的一生就是充满了无数个这样的路过，于某个地方，某个人，抑或某一段无法言说的岁月。

我还不想像过往一样，让这一次“路过”在久远的日后变成轻飘飘的追忆，如同喧闹深处偶尔开出一簇带雨的梨花，等到雨净，梨花也落。

阴山上的赵长城

车停靠阴山山脉间，正仰望那尊策马“骑射”、推行“胡服”的赵武灵王的塑像，天空忽然飘落几星雨滴，浅浅的。我们习惯吟唱“秦时明月汉时风”这样既沧桑凝重又浪漫温婉的诗句，却几乎不肯将目光向更远的历史眺望，春秋战国，那嗒嗒的马蹄声，呦呦的角号鸣，冷兵器铮铮的撞击，箭矢的飞扬——依靠着想象，倚仗着电视剧里对历史的无限演绎，我似乎看见遗落在这阴山山脉中，来自古战场的那片厮杀，还有阴山外的田陇地头、屋前树下，小村落的每条小道，那一个个伫立的身影。我听到渺渺尘世的一声叹息，悲凉而无奈。战争更多体现的是无情，无论是疆土的争持，还是对物品的掠夺，总免不了腥风血雨。无数场战斗中，生命卑微如草芥——却少了草芥的生生不息。

站在阴山上，脚下是一段被两千多年的风雨侵蚀得几乎了无痕迹的赵长城，若非那断裂处清晰可见的层土，我们又怎能知晓这一段绵延的土堆就是曾跌宕在阴山，抵御胡人的防御工事呢，它阻止了多少侵踏的铁蹄，又抵挡了多少勇猛的弓箭，它以一副貌不惊人的拙朴守卫了多少清静的梦？没有被孟姜女哭倒的凄美传说，也没有现代卫星云图上明清长城的逶迤与雄浑，这是一座被世人几近遗忘的建筑，它低调到只是悄悄地，悄悄地一任岁月飘摇，任漫过阴山山脉的风顺带将它拂过，任野草羞怯地生长，任虫鸣在身边欢跃，任历史安然地沉寂。

不肯安静的是我们。罔顾这座朽成几抔黄土的城墙下面掩埋的成千上万的魂魄，淡定地踏着那薄得几乎在呻吟的土堆，以指点江山的姿态俯瞰着脚下城墙的低处。低处，那曾是守卫的将士们栖息的地方，我并不能想象，这不过百平方米的狭小“幛”地，如何以开放的姿势容纳一群虎虎生威的男人，何况“幛”地只是低洼，却并不平坦。早年在这里可以随处捡拾到的砖块和板瓦，确证着“幛”是生活和住宿处所的身份，而发现的铜镜则有了更加深长的意味，最浪漫的解释是这里还住着或是住过女人。若是一个极度雄性的场地里再生活着女人——我兀自笑起来，这几乎不用想象，有了女人，“幛”地再艰苦的日子都有了味道和色彩，变得丰富和妖娆起来。只是，我忍不住心里还猜测着，那面小小的铜镜映照出来的面容，到底，是被收容过来，任谁她都可以百媚一笑的香艳女子，还是某个与君祸福相拥，厮守一生的深情美妇？尽管这样的猜测显得无比狭隘和低俗，与那金戈铁马、刀光剑影的背景格格不入，但生活的章节里，无论古代还是当下，无论原始还是现代，总是免不了一定的重合或重现。生活缺少不了温情，再威严的人心中也有柔软之所，再粗粝的脸上也有精致灿烂的笑容。就像我们踏着的这段赵长城，无论多么稀疏，那些伫立在时光里的花草仍在温婉地招摇，就算经历了无数个轮回，它们也依然葳蕤着赵武灵王时期丰盛的记忆，在无人喝彩的漫长寂寞中深情地绽放和盛开。岁岁枯荣，我们的路过影响不了它们的绽放，给予的赏识也惊动不了它们的守候，谁说这不是一段令人痴迷的情缘？当然，也或许是我们没能看懂它们，如同很多时候，我们也一样看不懂自己。

不过现在，我多少还是能够明白，脚下这片山这块土的厚重，不仅仅因为它是顽强生存下来、人类战争史上最早的军事防御工程，更因为它绵延的基墙下埋葬的无数躯体，那些曾被翘首以盼的生命，在挥手告别父母妻儿踏上修筑长城之路的那刻起，会想到人生再无他路，自此与这些血管里流着相同血液的亲人天涯相向，阴阳永隔吗？没有人能够预知自己的未来，在人生尚无他途的古时，人的命运有时就如一片落叶，枯干了血脉之后也只能随风飘零。那些躬腰哈身往阴山上运土，在四季的严风酷寒中用最为简陋的工具垒墙夯土的血肉之躯，在被奴役的生命尽头，用残存的骨肉完成了人生的长城之巅。然而，对真正的长城而言，这些失去生命迹象的躯体，只是土筐里的一抔土，夯实之后，或许不过一粒砂石的容量和体积。这也是中外古代很多伟大建筑的代价——生命，往往低贱如此，甚至敌不过蝼蚁。而后来的人们也偏是容易忽略这伟大后面的那些阴魂。与漫长的历史相比，生命确实过于短促，“一世浮生一刹那”，既然只是“一刹那”，那就容易忽略不计了。只是，当无数个“一刹那”累加在一起，是否，也会是一座遗世长城？

就想起刚下车时凭空而落的几星雨点，像是有备而来，不多，还不够沾我们的身。对我这个生长自江南，见过不胜数的雨水的人来说，简直吝啬得过分。但忽而之间，我猛然醒悟，这哪里是雨，分明是那两千多年的时光在幻化垂落，依然落在这连绵起伏的阴山，落在这守了千年清静的土筑长城，但这对我们是迎纳还是拒绝？我们这群过客，越山过水并非为寻找安歇在这里的历史，历史永远都在，我们带不走。也不想惊扰这里的清静，朝代多少更迭，风云多少变幻，世间的繁华与衰败，并不影响阴山腹地这座土长城的变化。我们只是看到，赵长城的凋败——那种不动声色败落的苍凉与悲哀。自然界风霜雨雪的力量本就能强大到目空一切，再加上时光的蚀刻，长城的坚强又如何能敌得住这样的挫伤？纵然有着无数魂灵长伴，花草年年岁岁相随，至如今却仍断垣满目，贫薄不堪……所以，我多想我未曾踏上过静默了两千多年的长城，这样我就可以只染一身阴山的风，而不沾走这愈来愈稀薄的长城的土。

如果可以，我多么想请你能和我们一样，坐在阴山上，只静静地感受这段漫长的历史，任浮云流转千年，任远处一路奔袭而来的风疲惫地轻拂；如果可以，我还想请你听一听，那个叫张旭东，长得并不彪悍却很粗犷的男人的叙述，他不是导游，而是喜桂图的一名官员，他那略有嘶哑甚至还有些撕裂的声音，让浑沌而浩瀚的历史变得从容、生动和鲜活，你一路的奔走之后，就此慢下来，慢下来——然后，就这样缓慢地度着光阴吧。

一座“城池”

一路行来，我不清楚要去的地方。车上一行诗人居多，无一不是才华横溢。有才华的人不但狷狂，还疯狂，车内没停止过快乐的喧嚣。在这样的快乐里，我还是顾得上欣赏车窗外蓝得几乎透明的天，白得简直忘我的云，然后再投入地沉沉睡去，忘却此行的目的。

待到下车，仍在茫然之中，这不过是个小村，无人声亦无人影，破落凋败得不像有人居住。好在不远处有两只警觉的黑狗，示意着这个村真实的存在感。蜂拥而至的陌生人群对领地的侵犯和漠视完全激怒了两只黑狗，御敌或是攻击的狂吠自始至终没停歇下来。但它们的勇猛也只是虚张声势的狂吠而已，无论多么狂暴与激烈，它们都与我们隔着一扇栅栏——我们大摇大摆地行走在它们的属地，它们却被禁锢在几尺犬舍之内，不过几步之遥，却已是两个世界的差距。

起初，还以为是车行于此，只是路途遥远，给大家一个方便之处。也就慢吞吞地尾随着人流。当人流不再涌动，才知混沌之中，一头扎入的，是一段辉煌却正在泛黄的历史。

我相信，世间所有的相遇都是缘分，只不过是缘浅缘深。我不能定义我与这片萧条的土地缘分的深浅，只是明白，那面顽强挺立在废墟之上的墙壁让我震惊，一座城的百年让人觉得古老悠长，一面墙的百年又何尝不是让人心生敬意。历史不是一段妄语，它以暗旧的姿态挺拔于所有人面前，像黑白照片那些被侵蚀出来的黄斑点，留声机旋转时“咿呀”背后的滋啦声，虽然那只是时间雕琢出来的瑕疵，却同样引人入胜，有着不容抗拒的魅力。

“大发”或许只是最初小工矿主们发迹的初衷，“发”是从古沿袭下来的彩头。我们扎入的这个地方，原名为“召沟”，光绪年间，被一群踏矿的结义兄弟赋予“发”的希望后，从此换名“大发窑”。“大发窑”果然不负众望，未曾辜负那些追求财富的心，因地下丰富的煤炭蕴藏，原是荒野之地的大发窑到清末时已是特色繁华之地。繁华有时，却也少不了落花流水，世间的风云变幻，并由不得自在人心。地下丰盛的乌金，闪耀的是纯金的光芒，映照的还有更大的贪婪与野心。小小的煤地，与当时的中华大地一样，遭受着入侵日军疯狂的掠夺。所以，“大发”的历史并非仅仅在佐证岁月，它还见证着一个民族被灾难洗劫的虚弱与伤痛。

起初，听到“大发街”时，以为所指是我们行走的这条路，我疑惑起来，路并不宽，用“街道”这个词实在有些大材小用。道的两旁是矮破的平房，许是初建时的模样，并非沧桑，而是捉襟见肘的隐忍与尴尬。路也不长，这头望去，那头已是一目了然。路的中央，不时摊着些动物的粪便，使这个由日本人和俄国人建筑的街道有了遗世独立的悠然之感，好像这不是矿区的生活区，不是被冠以“街”的道，而是一片偌大的草原，风吹草低中隐现的牛羊的天堂。破房败瓦间，除了那两只狗的狂吠，竟未见有人出入，仿佛这样的荒凉是天生的，我们这群人，只是不小心闯了进来，破坏了这方端周正的荒凉。正心有惴惴，却见一低矮屋檐下几盆蓬勃的绿植，那些绿植显见是经过精心打理的，绿得泛出油来，给人以极度的安慰。有人上去掐了几株，握在手上也是沉甸甸的一蓬绿意，很是盎然。这样的盎然给了凋败的街道一丝鲜亮，像是破衣烂衫的老妪胸襟上别着的栀子花。

待到明白此处不再是“大发窑”，而易名“大发街”时，倒有些怅然。“街”虽然很洋气，城镇气息浓厚，但没有“窑”的精准和素朴。不过这种怅然一闪而过，因为我们面对的，只是一座被遗弃的“城池”。“街”也罢，“窑”也罢，都跟此处没有什么关系了。百年前的丰满消失殆尽，百年间的风起云涌已然散淡，人的无度索取让一座城阙盈满了悲伤。大发窑，“大发”之后的殚精竭虑，让它急遽苍老和羸弱，暴风骤雨式的耗损下，它终于无法扛起哪怕是微弱的希望——煤炭资源的不可再生性，注定它无法抗拒这时刻的到来。百年前的丰盈已是“昨夜西风凋碧树”，寒薄如此，纵然有千百个不舍，又如何？就算能坚守着这百年的魂，又怎能敌得过日子的苦，生活的闲？

于是有人舍下这依然黑着却不再闪亮的土地，去寻找新的希望。再后来，有了整体的搬迁。整个矿区唯剩二十人，静静守候在这里，守望着这块土地上被岁月浸染的暮色，安然地迷恋着某个墙侧带了刺的灌丛，或是羞怯探出头的花朵，或是那两只忠诚尽责的黑狗肆意的狂吠。

所以在我们这支浩浩荡荡五十多个人的队伍面前，“城池”里才有着局促的安静——是我们毫无章法的碰撞惊扰了这里的一草一木，这个曾经也是烟火繁密、烟尘弥漫的地方，如今却是有着一份与世无争的素静，晨钟暮鼓的安详。如街中那棵同样有着百年史话的柳树，一度遭遇雷劈，枝枝蔓蔓全成云烟旧事，只戳着一截焦黑的已然两半的树干，数年未泛一丝绿意。却忽然间，枝条细垂，绿意盎然了起来，枯树新枝，已不仅仅是道风景，还成了传奇——只是，传奇得有些寂寞。这世界，或许是喧闹得过了头，所以寂寞就成了一种境界，如一帧色彩绚丽的照片，明明欢天喜地的是彩色，但一眼望去，夺走眼球的却分明是最不起眼的黑白。

还有一重更加广袤的寂寞在等着。当我们以同样的浩荡扑进真正的矿区时，我有一瞬间的欣喜——那乌黑乌黑的煤，细腻如沙，且山一样的姿态端立于野。煤山的不远处，黯旧的厂房倒像有些过时旧装的味道，分明是不时尚，却偏有种自我赏识的傲然。数条钢轨在旷野默默地向远方伸延。一个矿区，如此气派，竟然拥有这么多轨道，而且这些轨道，并非仅仅用于货运，还有客车的抵达。这是有多豪华的阵容！由此也可见在衰败之前，这是个有多富庶的地方，它就像是个财大气粗的地主，敞开了房舍，任着天南海北的人来人往。这不像是矿区，更像是市集，充满了买卖的声音，充满了发掘的斗志。每一样自然的财富都会有盛极而衰的时候，石油、煤、天然气……用了千百万年的时间，经过了物理和生物化学的无数次作用，更经历着地壳腾挪移转的强烈运动，这些真正古老的已经沉淀下来的历史，根本敌不住人类的一次次进步。“大发”是发了，发过自己，也发过入侵者，发过之后，是日渐的消瘦，是一个有着百年史诗的矿区的衰败和凋落。这块给了无数人希望与欣悦的地方，也给过很多人失落和痛楚。人对矿区情感的圭臬或者就在于，在失望和逃离时不是有诸多怨恨，而是有诸多不忍和不舍。

我不知道，“守望”是否是“城池”里二十人留下的原因，也或者还有着更多其他的因素。毕竟，与往事难舍难分的日子已经逝去，光阴不肯回，年华回不来！

我们只是一群远行客，无法改变什么，只能在踏进这座已经干涸的矿区时，为每条轨道间隙间萌发的生命而雀跃，与每一朵似曾相识的花朵相拥合影，在漫长的还没有长满锈色的火车轨道上安然地坐上一会儿。我们能够一眼记住它的容颜，不是它有多荒芜多苍茫，恰恰是，它还拥有矿区的记忆，有繁华的气势，有南来北往的过客和故事。这或许是一座“空城”，但不是一片废墟，它有无尽的轨道，延绵的生命，还有风云故事，柔软时光！

走近科尔沁

一

凌晨，北京。畅通的街道，消弭的热闹，偶尔蹑手蹑脚的汽车。

地铁的安检处，困顿的年轻脸庞，带着微微的笑意。他说，早！

我是此时唯一的旅客。

我说，去科尔沁。茫然，依旧微笑。他不知道科尔沁在哪儿，我也不知道。脱口而出的地方，机票上写着“通辽”。

我知道自己在奔赴科尔沁的诗歌节。不会写诗的人，在空荡的城市地铁上汹涌着东倒西歪的诗情。

不能做诗人，就安心当个旅人。

飞机上，舷窗外，目之所及只有云朵，厚密，白净，安详。我期待机翼划过时，薄薄云烟贴近舷窗，缥缈，妖娆。但这只是希望。没有欢愉的撞击，每朵云都在闲庭信步。舷窗里，眼神长满落寞，原来伸手可及的，永不能及。距离分明是一个量，近在咫尺，却隔了天涯。

如同，我为科尔沁而来，却与科尔沁，彼此没有概念。

二

大巴安静穿过通辽的街。疲惫的身体，搁浅的心思，忽尔闯出来斑斓的向日葵。明媚的总是习惯性明媚，有着挡不住的光芒。

有人说，前方有雨。

而我，折不回身子，只能努力回头，寻找那片向日葵。太阳闪进云层，那片向日葵该向着哪里?

云还是白云，染点墨洇开，是有情绪的样子。只是小小的情绪。天开阔着呢，秋高气爽。

云层厚实，山一样耸立，却挡不住风，风声那么大。云挨挨挤挤，阳光忽隐忽现。雨分明来过，我却未遇。而大巴带着我们靠近的历史，分明关于女人，为什么我却渐闻鼓点声起，马蹄奋疾?

三

孝庄园。

没有战鼓，未见马蹄。是沙漠绿洲的气息。时光是远去的背影，我们不愿看到太多的尘嚣，所以常常驻足清风朗月。就如从布木布泰到孝庄太后，一路的刀光剑影，更是被我们修饰成岁月端庄，流水静深。

其实你看，若不痴迷历史纵深，岁月又何尝不是一片静好？格桑花正在盛开，我们的每一次呼吸其实都充盈着幸福的味道。

黄昏还未落下，篝火在旷地等候狂欢。远处的敖包，萨满的仪式早已收场，不知道有多少爱情会在敖包下相逢。很想问一问敖包上的那些石子，它们尘封了多少故事，又见证了多少场相会。

这里有很多过往。有些，也许只能叫传说。来自巴彦淖尔的春秀，抖着红裙上的刺团，她说这叫爱情花。其实四面皆刺，原来爱情，也有特别的方式和形态。

四

我已经想象不出夜空长满星星的样子。

银河。流星。

星云。星斗。

银河辽阔，我担心牛郎会念起人间冷暖，织女会重入天庭，一年唯一一个七夕，时间要怎样的无限，才能让他们把思念，幻化成星雨，覆盖光年的距离？

也许，可怜的是我们这些凡人，时常被光阴击中——每当流星闪过，迫不及待地双手合十，许下心愿。而流星早已飞远。

那些挤不进星空的，只能流落人间。在茂盛的星辉下，沾满我们的飞翔。

在科尔沁的山地草原，我的失眠失去了意义。

每一个梦境的章节，都剔除了哭的，笑的，累的，还有想要死去的。

只留下：星空，星辉，露水，和虫鸣。

五

黄昏扬起来，不知谁的歌声，泛于浮尘。

追赶夕阳的落下，终究，我们留不住夕阳。沧桑落满额头，一支烟，点燃微暗的眼神。

双合尔，一座山，一个天然巨形敖包。该有怎样的缘分，与你相识于此。山顶倚在白塔之旁，临晚风，看湖景。微茫中白塔清晰，二百八十年的历史，岁月不敢有蚕食之念。有山有水有佛塔，正是仓央嘉措诗中一句“那一世，转山转水转佛塔，不为来世，只为途中与你相见”。

只为相见。

暮色沉落。再无谁的歌声。

六

没有太多修饰，一入林，便是枯死。似乎漫天盖地。

怪柳林。有人说它们是时间的最好见证，可时间还被很多的物质见证。

走得小心翼翼，担心触痛。生命与生命，在生与死之间，可以遥遥无期，也可以薄如蝉翼。

走过枯死或正在枯死的过程，生命才逐显旺盛。

一匹马，显尽了孤独。任我们像一轴打开的画卷，在它近旁喧哗，艳丽，浮夸。它一定不是珠日河赛马场上，那匹不肯迁就大众的赛马，尥着蹄子拒绝在烈日下展现奔腾。广阔是用来驰骋的，而岁月已把烈性洗净，风声已远，长长的鬃毛低垂，草原，终于属于了远方。

就陪着身旁倒枯的枝干，看风沙侵蚀下的脉络毫无章法，也看柳叶儿这边嫩了黄，黄了落，那边却虬干劲枝，只往沙土里长。

我们，只是过客。它们，才彼此相守。

七

宝古图沙漠，热切的裸露着。

总以为沙漠才是天高地远的地方。而这里，不过半个时辰，已被我们当成人间天堂。人至中年，半生禁锢，在这样的赤裸面前忽而不肯自持，翻越，颠扑。黄沙漫漫，消散了所有的执念和张狂。

所有的距离，都敌不住半面黄沙里，那一丛芊芊绿植。那需要多么大的勇气，才能在广袤的沙漠里，用弱茎细叶守卫住流沙的心思。

行走的行李箱

他瘦高，干枯，像一株落尽红樱、散尽繁叶，最后经霜雪摧残过的树，浑身透着一股沉默、孤独和坚韧的气息。他须发皆已灰白，如同细密的枯草杂乱匍匐；脸上的皱褶层层递进，最后隐入乱发——想必那被发遮盖处，也是揉不平的沟壑吧，并不比脸上的浅。他身上的衣服自然也是破旧的，奇怪的是并非平常所见拾荒者的肮脏，它们带着些许褶皱的熨帖，像刻意打理过一样。

那是几年前，傍晚出去散步，穿过三个小区的长度，过一条马路，再过被支离成三个狭长的园林，就是我们每天固定行走的绿地。是春天的某一天，在三个园林中的一处，我们与他相遇。他拖着行李箱，佝偻着腰背，脚步迟缓，像是刚刚长途跋涉而来，极为疲乏的样子。擦肩之时，很少有人会在意一个途经的旅人，我们也一样。我的目光像拂过所有眼前的事物，也将他轻飘飘地拂过。一个拖着行李箱途经的老人，这大概是走过时仅存的概括。若无特殊因由，他也仅仅存活于我的惊鸿瞬间，同这一生里经遇的无数陌生人一样，不会在记忆里有点滴的印迹。但他似乎并不肯在我们记忆的瞬间消弭，或者，他不屑于仅仅是我们记忆里的惊鸿。那个傍晚之后，我们几乎每天都在相同的时间在同一个园林相遇——灰白的须发，佝偻的腰背，穿带着些许褶皱却并不邋遢的衣服，拖着陈旧的行李箱，长途跋涉、风尘仆仆的模样，形象固执又单一。就像某棵一成不变的树，在风姿绰约、每天都欢天喜地生出新模样的群树之中，反显得姿态傲然、卓尔不群，有先声夺人之势。他是棵移动的却一成不变的树，从眼前飘移的次数多了，再想要忘记，多少还是需要些力气吧。于是，不再试图将他混入来来往往的人流，他只是个暂时不愿意被湮灭在记忆里的陌生人。在这个过于巨大的城市，陌生人就像丛林中一片叶子的脉络，太高的相似度足以毁掉那一点点来自彼此不同的气息。

于是，每天傍晚，像是约定，在狭长的园林通道上相逢。他很少抬眼看往前方，总是耷着眉眼望着脚下的路。粗沙子的水泥路，生硬冷漠，无论有多少水淋雨浇，总是干得很快，绝无半点生花长草的心思，连细微的石缝里长点青苔的意思都不曾有，绝情地阐释着水泥这种物质的坚硬和冷漠。水泥路两边却是栽种着各色树木的林地，这个城市的地面，但凡带着土，是从不会被绿色辜负的，无论是天然蹿长，抑或人工铺就，在钢筋混凝土的丛林里，每一丝缝隙都是可为之地。林地面积大，地面的颜色就绿得欢畅。油亮的草坪之间，成片的玉簪开着百合般洁净的白花，当然稍早些时候，园林里是络绎不绝的花香，先是玉兰花的隐约，丁香的浓，再是樱花的淡，跟着就是槐花的甜，接下来又有月季，蔷薇——像是女人的妆，浅的、浓的、艳的、妖的，依次上阵，都各凭喜好，各自舒展。他是不是对花香、对草绿无感我不知道，但他确实不曾扭头看过路边的花草树木，只一味微低着头，在地上寻找什么物件似的。偶尔，他的目光也会撩起来，毫无内容地飘向前方——行李箱与粗沙子水泥地摩擦出来的嘎吱声中，那不知所措的样子，像是忽然间什么东西蹿出来，惊醒了他。是过往，还是人情，抑或是让内心有些张皇的旧事？

我用余光看他——每次都在错身的刹那，才端正目光，像是才发觉迎面有这么个人走过来，带着些忍不住的、有点夸张的讶异，其实是趁着这刹那，辨认他的与众不同。他其实并无多么与众不同，农民的脸，佝偻的背，破旧的衣衫。要说不同，是一眼望过去他身上的落寞气息披挂如铠甲，不知道要风吹雨打多久，才能锻炼出这铠甲的坚硬。还有，他手上拖着的行李箱。我忽然明白，那个行李箱，让他闪过了很多判定，他本来可以有很多标签贴在身上，像无数人成为这个城市大海里一滴没有任何养分的水，无论秉性本质单纯与否，随时都可以汇进汹涌的泥水而不留一丝痕迹。城市太大，太过辽阔，于是每个个体都不带特质地聚在一起，成了另一种依旧没有特质的物体。包括我在内的无数人都没有特点地汇聚，形成这个城市的特色，但我们彼此碰撞，彼此发现被群体淹没的东西。

他很少因为错身而过的人而抬头打量一下，他的心无旁骛是真实的。我不知道他的心游离于何处，随时随地，也许，他并不是在行走，而是在飞翔——飞翔在某个事件，或者某段过往。行李箱摩擦在粗粝的水泥地上，“嘎吱嘎吱”“嘎吱嘎吱”，绵延着不断旋转与撕扯的焦虑。他并无感触，这种粗糙连贯的声音大概是伴他久了，融进他的身体，融化在他的血液里了，他不能感受这揪扯不断的声音已如呼啸的箭镞，击中了四面八方的花草树木，以及与他一样路过的我们。我想象这声音带着巨大的力量，像某个电影画面，有大批的禽鸟因被这有力的声响惊扰，“呼啦啦”从并不密集的林梢飞出，黑色的翅膀一张一翕，遮掩住像羞涩的孩童、躲闪着不肯露面，半遮半隐在树缝里的黄昏。那种巨大的阴霾倏忽扑下来，壮观得如同从高空掉落的乌云，黄昏就这么痛快淋漓地落下来。

实际上，除了“嘎吱嘎吱”的声音连绵不绝，并未惊动任何事物，连前方几米开外的焊接的铁皮座椅上，几个休息的民工都无动于衷，他们倚靠在椅背上，仰望着被繁密枝叶遮挡的不知何处的远方，像空无一物的茫然，也像对远方真切的思念。说他们是民工，并非歧视，因为我知道，前方正在施工，那原是一座庞大的汽配城，整日有着不息的车流，却似乎一夜间不知踪迹。在此之前，听说过汽配城要搬走，但说也说了好久，我依旧来这里修车，补漆，换破损的汽车零部件，那个要搬走的传闻被我们忽视的像个谣言，于是我们把那个传言真的当成了谣言，日复一日地笃信随时可以进入这个庞大的汽车零部件的城堡，更换日益老化的汽车部件，方便得就像临出门要重换掉一件衣服般自如。毫无准备之下，汽配城消失了——一座“城堡”，莫名地、堂而皇之地消失了。有消失就有改建和重置。正如我不知道汽车城是什么时候消失的一样，我也不清楚“城堡”何时入驻了那么多人，一伺黄昏临近，“城堡”四周就多了很多人，成着群。似要刻意强调来自“城堡”，对周围的空间拥有绝对的使用权似的，他们云集着涌过来涌过去，在不自觉中，还会“哄”地发出一阵开放的笑声。这样肆无忌惮的笑在他们很普通，笑的同时，其中两三个人眼神落在从他们笑声中穿过去的行人，好像脸上的笑是给并不相识的人，以送出去这春日的暖意。还有打闹的，通常打闹的那群总是年轻的居多，他们有更多的体力，需要用更为激烈的行为来宣泄暂时成为这个城市生猛一员的快乐，或者来自体内莫名的躁动。也有比较安静的人群，循着我们快步行走的线路，松懒地走着，像我们一样目光淡漠地飘过去，深深地呼吸弥漫着植物的香气，却被不远处从四环上漫延过来的噪声充斥的空气，这比工地上的气息和味道纯粹几分。他们低声交谈，努力不引起旁人的注意。

他一定不是来自汽配城里庞大的群落，他孤寞的身影，疏离的神情，分明是独自浪荡江湖，或遁逃于繁世嚣尘。他带着些褶皱却不肯邋遢的衣衫，他衣衫一样贴身却不曾换过的漠然，他偶尔无意识飘过的空茫眼神……对，还有他的行李箱，装着的，大概就是扔不下的一切，也许是他一生的负载。

不管怎样，于我而言，他终究只是一个陌人。错身之后，我以为他会像“城堡”一样消失，而我依然在这个城市漫不经心地生活。本无交集，自然再无交集。

但是直到春天结束，夏天热气腾腾而来，他一次次与我们相逢。那个不见光泽的行李箱，像条不肯脱落的尾巴，忠实地尾随在他的身后，执着地嘎吱。他每天都风尘仆仆的样子，迈着不急不缓的步伐，像赴一个什么约，埋着头，坚定地行进。我们并不总在他的行走中相遇。我的印象里，狭长园林的中部，是我们所见他的终点，再往前一点的路段，是空白的。到达这个终点之后，他要着手安顿自己，比如，歇息和梳理；又如，解决晚餐。那条通常被来自“城堡”的民工占据的座椅，也有空着的时候。我们见过他端坐上面，带着微微的困顿和萎靡。他安安静静地坐着，黄昏也不想打扰他，犹犹豫豫、半遮半掩地落了薄薄一层，足以让我们看清他脸上无处安放的衰落和迷惘。那个同样苍凉的行李箱伫立一旁，如同垮塌了精气神的保镖，突出他的异质，又强调他的贫寒。应该是不会有谁对那个被时间修饰得很斑驳的行李箱，有异常的想法了。我不知道，他静坐的时候有无注视过迎来的我们或他人，我已经毫无探究的好奇——起初的讶异早已风一样消散，再有新的一波涌来，并无质地的改变，迎面而来的瞬间，有时与我撞个满怀，有时擦肩而过，却终究不了了之。我们不约而同地表现出对陌生人的无视，像身着的卫衣，仅仅是略有对外界的抵挡。我们也遇到过他独自晚餐的时候，每次都是一个薄薄的塑料袋，裹着一个煎饼。在这个城市的很多地方，煎饼通常是作为早餐存在，游动的餐车不消说，定量的面糊和菜蔬，就算生意算不得好，有了剩余，也是到了时间便要收摊的，一个城市有它特定的模样，它的规定只能遵守。也有一些隐没在陋巷，或闹市中被隔离出来的狭小门面，它们经营的时间更长些，却有着比流动摊位更高的价格。但即便如此，煎饼较之一顿正常普通的晚餐，仍是非常廉价的，何况，它内里所包含的，不仅营养，还美味。每顿晚餐的煎饼，让他在我眼里没那么潦倒了，我见过最省的饭是两个大馒头，五角钱一个，一元钱完成了生命能量的全额补充。

夏天之后，秋天还没有正式开启“一场秋雨一场凉”的模式，林地之外，我们要穿过的某个小区旁边，提前与他相逢了。我以为这时他的目光总要抬起来吧。马路两旁停满了车，一排不够，并列又停了一排，宽阔的马路成了狭路。狭路影响不到行人，就算人行道一半是盲道，也阻止不了我们大步流星踩着盲道，这个世界也有很多无形规矩对大多数人是无效的。其实盲道也容不得人走得通畅，十米之距一棵树，树根不深，揣了要出头的心思，把铺着四方砖的路面拱得波浪起伏。高低不平的路面上，行李箱吃力的程度更甚，发出更为疲惫和痛苦的嘎吱嘎吱声。听到耳里，恨不能一脚把这坚硬和坚硬互相研磨的声音给碾碎，剔除干净，还耳根一个清净，尽管，时不时愤怒爆发出来的车鸣尖利到要把天空刺穿，更让人烦躁和抑郁。除了树，盲道上还有随意停放的共享单车，人们被方便的同时，还要重新制造些新的不方便来应“繁乱，嘈杂”这个景，超额完成任务一般。他没有忍耐的样子，箱子受尽折磨的声音也没有使他多些爱护的意思。他依旧只是走，埋着头，耷着眼，拖着箱，偶尔，侧了身子，谦让空无一物的人先过去。也不知他是怎么知晓前方有人的，大概，跟蝙蝠一样，依赖于声波吧。我们停在一棵树旁，让这个陌生的熟人和他的行李先过去。他果然并不迟钝，抬眼看了我们一眼，我不确定他是不是有些意外，他脸上缓慢地露出一点笑意，柔和的，大概还微微点了点头。只是在看清他是否点头之前，我们已一步跨到了他的身后，依循着以往的轨迹各自相向。想来，他其实是熟悉我们的，看似不愿与世事万物相逢，却终是有一颗经过世事的心，有一双洞悉世情的眼。他不过是用漠然与疏离来掩饰流淌在内心的暖意，因为无人在意。

黄昏早早降临，黑暗迫不及待跳出来舞蹈。某天，我忽然觉出一种空荡，被不远处四环上的路灯冲淡的暗夜里，我们与他再未遇过。并不是黑夜掩盖了他，一定是越来越强悍的寒冷驱逐了他，这并不是坏事情，虽然这个城市的冬天可以有很多地方取暖，但寒夜漫长，哪个地方有耐心收留一个拖着行李箱的老人？他枯瘦、漠然，步履不苍健。是的，没有地方愿意收留没有缘由的人。空荡感也不过是瞬间的事，好似一缕风从发隙穿过，微微荡漾了一下，全然没有感觉出。我们并未揣测过，他究竟是回老家了，还是候鸟一样去往另外一个温暖的城市，开始他看似没有变化的生活。他到底有没有家？从春天开始，他的起点始于哪儿？这个春天有花香、夏天有蝉鸣的园林是他最后的歇脚地吗？还是在我们与他错身之后，他有着更远的终点？

什么都没有。他单薄得不能让我们浪费猜测。就这样，一年又一年，他总是像从远处移栽过来的树一样，在春天蓦然出现。还是固定的形象，灰白的枯发，黝黑而褶皱丛生的脸，拉杂的胡须，佝偻的背。行李箱也是除了更破旧没有大的变化。他钉子一般扎进这个城市，拨出，扎进；再拨出，再扎进。锲而不舍地把这个城市变成他可以随意行走之地。但是，他真的越来越瘦，越来越老。他已经不适合当民工。他也不适合流浪。

在这个城市里，究竟，他有着怎样的适合？

可惜我们依然是资深的互为陌生人，虽然一次次相遇，但我永远都不可能会问他什么。

蝉与捕蝉人

立夏前，天气已经燥热不安。正绿得漫无边际的杨树林里，有蝉声已经响起，像初长成的蝉，试探自己的嗓音，胆怯、急促，带着些惊喜。这样的蝉声没那么尖利，在茂密的杨树叶里，像宽大纸张上面一个浅淡的灰点，实在无伤大雅。但对于燠热的天气来说，几声车鸣都令人精神崩溃，再有蝉声悠长，不免更添几分烦躁。人不如意时，随你什么物件，什么声音，都显得多余。

还好热了几天，天又转凉快了，杨树林下，凉爽得很，一色的翡翠绿，让天色变得多义了。那几声试探的蝉声，并未得到更多蝉的应和，像是知道时节早了，还不到它们的出场顺序，几声之后，悄然息声。这个树林，除了张扬的绿色密布，和几朵努力不退场的月季，便只有我们了，像人间的大蝼蚁，埋头把平日里不肯启动的行动变得如同机器，勤勉、机械。也是知道，再过不久，就不再有这么爽快利落的天气了，暑气密不透风，你的心不能痛快地舒展，你的每一丝呼吸都滞重不堪。这个时候，即使绿色浓重得像一锅搅不动的糖稀，那热也依然努力地穿透叶片的根根经络，嚣张地附着在裸着和未裸着的肌肤上，同时渗透到身体里的每个细胞。那种热，不休不息。这个时候，蝉声便要铺天盖地唱起来，即使在城市密布的建筑群里，只要有树的地方，便不绝于耳，令人无处逃避，其嚣张之势，只能在听闻之后以常态视之并接纳。一种生物的存在，凸显的是生态的多样化，与它们共存才能共生，没有规定一个环境只是人类的。不要说只是蝉与蝉声，任何事物都有其存在的道理。

不过蝉也有它们的敌人，而且对于这样的敌人，就如同我们对它们无可奈何一样，它们也是无可奈何的。这不是天敌互存互生的关系，而是后来的衍生。

我们每天去散步的地方，是一片被开拓出来的场块，早些时应该是村庄吧，后来村庄迁了，地上有另外模样的建筑耸立，新的建筑节约空间，留出一片空地来，种树，铺草，养花，空地不再是裸露的泥地和建筑垃圾，很快绿荫如盖，成了城市里最具活力的装饰之一。没两年，栽种的树张开了，蹿长的速度惊人，好像不惊人就对不起这偌大的一块地，对不起对这片地抱有的期冀和热望。这块地变成了林地，紧挨着西四环，茂密的林荫吞噬着从四环的某一路段汹涌而来的尘嚣和喧哗。一块林地，并不绚烂，最是普通的样子，像素颜的女子，自然清新。我们这些寻常的百姓，不喜繁华，却亲近素朴，便在每日黄昏来临之际，换一身宽松些的衣衫，在林地中或走或跑，或停留。偶尔，还有人举着一根长鞭，貌似很有功夫地左摔右劈，在空中摔出切割旁人神经的锐利声响。时不时地，也有退休的老人，拎来音响，端着麦克风，一腔美声，唱着风格相近的红色歌曲，再就是《向天再借五百年》了。再远一些，曾经有过几个老太太，噼里啪啦地跳广场舞，这地方离生活区远，再怎么吵闹也扰不了民。不过，也正因了偏僻，广场舞最终没能成气候，起初也就三四个人，跳着跳着，没人了，不了了之。在辟出的几处空地上坐会儿，看看天边的云彩、擦身而过的人，听听风吹杨叶的哗哗声。风也穿过层层的杨树、楸树、李树、桃树，还有几种灌木，在空处穿梭——那空处，也不尽然都是空，有零星的几排铁质座椅，还有一个昂然挺立、说不出什么造型、有着什么作用的铁塑。一个休闲、锻炼的地方。

这样挺好，夕阳正沉落，酷热还在，却不再火一般炽烈，黄昏的静谧、恬淡，水一样漫溢开来。趁着天色未黑，蝉声商量好了似的，迭次而来。不再是试探式的羞怯、胆小和谨慎，虽不过几日之隔，却已经是成年的蝉了，音域宏阔，中气十足，一旦开足马力，声嘶力竭，一副不竭不休的气势。人与蝉声，相处久了，彼此无奈，只能彼此接纳，没有蝉声的夏天，就像没有冰棱的冬天，其实都是有缺憾的。这么一想，蝉慢慢也就变成林地的一部分，有，不嫌喧闹；无，也不是单纯的清净了。

忽然某天，多出一个男人。这个男人，每年的夏天都会有一段时间在林地蝉声密集的地方出现。林地是开放式的，往来这里的人很多，每天遇到的和每天新加入的人并无界限。就算我们，每天都在固定的时间和方向过来，相遇同样的人，彼此并不理会，也不加以关注，每个人或者群体，并不对自己以外的人施以注目，保持着陌生的距离。这忽然多出来的男人，原本也并不被记住，他的样貌或是服饰，在这个不需要语言互动的地方被无限制地忽略着。之所以记住他的存在，是他与在这里闲步、快走、跳舞或唱歌的所有人都不一样，他像是一个职业化的来者，每次都挎着一个布袋，手执一根细长的竹竿，在蝉声最嘹亮的树下立定。一会儿，听到清亮的一声蝉鸣忽地嘶哑起来，像折断的枝杈，撕裂的毛糙，尾端带着波浪形的震颤，是挣扎，也是不甘，而后嘶鸣声收紧、停歇。像是感受到这突如其来断裂的嘶鸣带来的不安气息，周围枝头上的蝉声也先后噤声，这一片声息中的空白，如同黑夜里的一束光晕，黑白分明而又含混。

是的，这个男人是来捕蝉的。捕蝉是不是可以成为一个职业，我暂不知晓。男人对蝉的偏好和捕捉的机敏与灵巧倒有着职业化的熟练，他只要待定了哪棵树，一伸竿，便必定能听到蝉声嘶鸣的挣扎与震颤。通常也就半个多小时吧，男人的收获便满了，掩着的布袋像个移动的喇叭，虽说蝉声起伏不定，但那些被折了翅的蝉，它们拼尽一生似乎只是为了鸣叫，所以即使身陷囹圄，即使已无翅再展，本来短暂的生命更有着一眼可看的尽头，也仍不肯放弃对生命的嘹亮和高亢的追求。

可惜蝉的一生只有无休无止、单调重复的歌声。而男人对此并不理会，他甚至对于旁人的好奇都漠然视之，一心捕蝉似乎也成了此刻他人生自带的光环。

起初，我把男人捕蝉作为一种游戏，像许多人儿时玩过的一样。我也捕过蝉。那时年少，还在乡下的老家，父母在外地工作，剩了我们兄妹和奶奶一起。少年总有大把大把的时间不知道用来做什么，除了爬树爬竹子，也跟着摔纸炮、泥炮、推铁圈、翻跟斗，玩的东西少，但凡有可玩的，便不分男女。南方有漫长的夏季，夏季里有漫长的午后，村里许多人都习惯在竹林里放置竹床午休，整个村庄都是静谧的。我们在村庄每一条小巷里奔跑，满头大汗、一身泥垢也不觉得难受，跑累了，往树下一躺。其实树下也不凉快，树荫总在移动，蝉叫得撕心裂肺。不得停歇的我们便又打起了蝉的主意——能一窝蜂地去做一件事，总是快乐的。粘蝉之前，是要做些准备的。寻一根粗壮些的桃竹，削平每个竹节，桃竹的细端用更软更细的竹枝弯个圈绑上，然后四下去每一幢房屋的檐下寻蛛网。那会儿的蛛网真多啊，尤其是刚结出来的，不仅鲜亮可人，黏性还强。把竹圈缠绕上厚厚一层蛛网，简直密不透风，用手试一下黏度，差点儿连手都摘不下来。举着这样的蛛网，到每一棵有声音的树下，找准蝉趴的位置，快速挥过去——机敏些的蝉，在蛛网带着风声扑过去时，已经感觉到危险，一张翅，扑棱棱飞走；不那么灵巧的蝉，过于沉缅于鸣叫中，连张翅的动作都没能完全打开，就被粘上了。那薄薄的翅翼，怎么斗得过重重叠叠的蛛网呢。我们粘蝉，纯粹是无事可干的消遣，粘住的蝉，翅翼是残败的，就是放飞掉，也身不由己，只能在干烈的阳光下一边断续嘶鸣，一边被晒成标本。

显见这个男人与我们儿时挥着蛛网粘蝉不一样，因为他每个夏天都来，夏天的每个傍晚几乎都会来。奇怪的是，每天捕蝉，总也不见蝉声减少，可见蝉的繁殖力是很强的。男人捕蝉，多数是为了吃吧。知道蝉还能吃，是成年之后的事了，可油炸，可烧烤，还有更原始的，拿泥裹了，直接扔到火里去烧。我没吃过蝉，是对这种非常态的吃物有种天然的怵，再怎样香酥，心里都是膈应的。据说蝉富含蛋白，我想大概是它们吸食树汁的缘故吧。看来这种没什么天敌的昆虫，唯有人才是它的劫数——总归没什么生物能逃脱人刁钻的腹欲。

男人很专心，我们的驻足观望并不影响他对蝉声的辨别与观察，他动作迅疾、敏捷，一旦锁定目标，竹竿已经瞬间攀缘而上，绝无拖泥带水、犹豫迟缓。那么高大的杨树，那么纤细的竹竿，这强直与细弱之间，如何在极短的时间内完成蝉的依附转移？我很纳闷儿。曾也很细致地观察过他的竹竿，并未见缠结着蛛网的圆环，何况在城里，蛛网也是稀罕物，尤其是新鲜的、弹性十足的蛛网。竹竿的顶头，倒是有个球状体，好像有东西团在上面，我猜想那一小团便是粘蝉的利器了。后来才知道，那一团不明物，确实是粘蝉的东西，我们想不到那是胶皮手套，被点着熔化在竿头。男人从不与人说些什么，他只是行动敏捷地从这棵树下腾挪到另一棵树下，他的腾挪之疾速，完全没有身形的笨拙感。但是对于粘蝉的胶，在问询的时候，他并不隐瞒，这不是高科技需要保密的东西，他也不担心我们可能借用他的方法去捕获蝉——捕蝉之事实在不是很大众化的事。由于烧过的胶皮并不能保持太久的柔软性和粘度，所以男人在粘蝉前，会用打火机把胶皮重新烤一下，这或者也是他动作迅敏的原因之一吧，他要在熔化的胶皮重新变得生硬之前把蝉黏住。在林地，男人大概是唯一无视这个场地休闲、锻炼功效的人，他此时的身份是“猎人”——这样的词似乎更有力量感，虽然他“猎”的只是拇指大小的蝉，但也是猎杀生命。男人挎在身上的布袋里，挤满了断断续续的蝉声，短促、凌乱而绝望，那些被折翼的蝉，拥堆一处，再无傲娇之气，残喘苟活，等候着越来越临近的生命终点。

日复一日的捕捉，蝉声依旧铺天盖地。偶尔，也会有某个黄昏看不见男人的身影，这时候的蝉声如同波浪，一浪紧着一浪，滚滚而来。意识到蝉声的躁烦，便忍不住期望那个在枝枝杈杈间蹿跃的身影，至少，那会让其中某棵树上的蝉声短暂地消停一会儿。虽只是一会儿，却也是声音的缝隙，有着与视觉空白相同的静谧。到第二天，在差不多的时间里，看到如期而至的男人，挎着帆布袋，举着细长的竹竿，像是松了一口气。但一看男人行云流水的动作，蝉被粘住瞬间发出断裂的嘶鸣，反倒心生不忍，又不觉得蝉声扰人了。夏天嘛，总该有夏天的模样，除了酷热、浓荫、盛草，蝉声也必不可缺。像一块完整的拼图，再无场景、颜色，质地粗糙，也不能少了哪一块，完整才有最适意的视觉效果。蝉自“横空”出世，便注定来日无多，它们拼尽力量的鸣叫，也许仅仅是为短短两周的生命高歌，它们不愿让出世之前漫长无为的等待最后换来的是无声无息。只是它们耐得了由卵到虫，由虫到蝉蜕变过程的无尽黑暗，却不能享尽比历经的黑暗无数倍短促的光明。

人与蝉，并非天敌，但人，到底成功地把自己变成了蝉的天敌。

第二辑

片段

青春里有过的痕迹

江南的雨就是多。无论什么时节回家，总能够借口雨多而不方便出门，给自己一个不联系故人的适当理由，这样就心安理得得多。尽管，也并没有人一定需要你的联络，有时候“聚聚”一词是非常方便脱口而出的，好似去某个景地，有人是一定要留下“到此一游”这样确凿的字眼，只为留个痕迹，倒并不真为佐证自己的游历。这次也是一样的，起了数次心也未曾与同学朋友联系，除了雨的因素，还有身体的原因，因为帮着家里干了一天苦力，浑身疼痛，几步路走得有如螃蟹，邻居们看了，一脸的揶揄，我自己也不好意思，不是五大三粗的蛮样，可一直也不曾畏惧躲避粗活苦活，怎么偏就这么不禁折腾呢。但也只能用螃蟹的步子来丈量接下来的数天时间。

偶接有同学电话，螃蟹步便成了最好的借口，省了许多心思，也了了电话那头同学的不忍，彼此都心下释念。到底还是岁月张狂了些，恍惚只是一瞬，二十多年的时光便没了。这二十多年，就算几个要好的人要完整地聚在一起也总是不太可能，谁也不能总守着那些诺言，过往更像风，吹过去了就过去了。其实真要细细数来，过往的细节都隐约了，没有人再提起，现实生活比那些纯情的年月要丰富得多，对有些人而言，或者更残酷得多，是真心无法守住的——生活原本就是碾磨机，将每个日子都碾成碎屑，你以为是看到或握住的，其实早已被解构，经意或不经意，那屑都是要从指间散落掉的，连要你捡拾的机会都没有。有的，只是某个时段忽然让你惶惶，却又心生温暖，然后能牵起你嘴角微微上挑的一种感觉。淡淡的，若有若无的。

没了那些邀约，便随性起来。但总有些面对还是会并不唐突地闪在面前，当然这种面对也不需要任何借口，因为根本无从想起，即便那么真切地面对，即使它就在离我家不远的地方。

每年回家都是这样，有兴致时，随了丈夫在附近转转——周围都是私家盖的房，虽没有别墅的概念，却因了是私家买的地，盖的房，有些人家财大气粗，房子还是非常气派的，尽管那气派中缺了优雅与闲适。前些年周边还都是水稻田和菜地，再往前几年，稍远处有片橘子林，后来橘子林毁了，随迁来很多他乡人，类似于三峡的大搬迁，橘子林就像个梦，被遗忘或者说被掩埋在成堆的楼房之中。如今连那些水稻田和菜地都越变越局促了。若不远处还能看到有一块溢了水的田空在那里，那一准儿是待字闺中，正等了人来相看，抑或是“名花有主”，谁都不知道，哪一夜之后，那水田中就挖了沟立了桩了。穿梭在房子与房子的间隙里，我已经找不到数年前我还熟悉的模样，狭窄的院落大多是空荡荡的，一派烟火萧条的落寞模样。那曾经的熙攘都像是一个原本肥硕健壮的人，患了莫名疾病之后急遽消瘦起来，剩了一副宽大的衣服兜满了寂寞冷清的风，感受着无边的荒凉与虚幻。

因为有丈夫在身边，就表现得记忆特别深刻似的：哪幢屋是哪个同学家的；哪个建筑的地方原来有些多么盛大的树木；还有，那个变得水坑一样的池塘以前有多大，水有多清，池中间有好多绿得让我们欢呼雀跃的水葫芦，有一年年跟前了，乡上把池塘水抽了，里面有好多鱼呢……

一路走走说说，就走到了那个必然会面对的跟前。

这“跟前”，就是我曾经工作的地方，那时我们叫它“编织厂”，其实它是有一个很正经名字的，而且端端正正地刻在厂房大门口，红底黑字，据说厂名是那时县长的题字，看着也确实气度得很，是有些功底的。那字是否真是县长所题，于当年我们这些小工人而言实在无关紧要，紧要的是这样的厂一开始就很有声势，占地多，厂房宽大明亮，办公楼高大漂亮，厂区外围，有比现在有些别墅更多一分气派的会议楼，有宽敞规整的食堂和整洁的洗浴房，一幢简直可以用“豪华”来形容的职工宿舍。用那时候的标准来衡量，这样的厂真的是出手不凡，几乎就是我们所能想象到的“现代化”了，不愧为县里的大手笔！我们就这样被这个“大手笔”诱惑了，像蜂寻了香甜的花蜜，携着最艳丽的青春，带着最奢华的梦想，嗡嗡嗡地，兴高采烈地飞进厂子。

最美的却并非最欢快，生活总会呈现最真实、最严厉的那一面。日复一日的三班倒，除非故障否则一刻不能休止的机器的轰鸣，油污的工作服，微薄的薪水，复杂的人事浮动，当浮华的表面被剥尽，我看到的是失去所有光彩、毫无希望的未来。我清楚地知道自己只是需要一份赖以生存的工作，就算这样的工作会消耗尽我所有的灵动与梦想，但那个年代，所谓的梦想不过就是挂在空中的那轮明月，你以为光辉泽耀着你，却不过是华丽的冷清而已，一片微薄的云彩便可将这光辉隐匿。只有生活和生存才是最原始、最本真的，没有物质的基石，说梦想是海市蜃楼那是非常非常文艺了。我无法知晓他人，热闹是别人的，寂寞是独自的，我并不愿意在那些更为年轻的面孔上看到有与我相似的东西。人生多长啊！那么漫长的人生充满过多的忧郁确实不是一件值得庆幸的事。我像一只被困住的小虫子，既没有可以飞翔的翅膀，也看不到那闪着亮光的前方，绝望像褪尽海水的礁石，狰狞得让我不敢目睹。

有一次，在街头遇到一个看手相的，我一直是不太相信命运之类，但那次鬼使神差，居然就让人轻易地抓过手看掌心纹路了。那人前言后缀我都不记得，他只一句话入了我心，他说我是有一双靠文字吃饭的手。那时是喜欢文字的，喜欢文字里所包含的一切，哪怕是悲恸和绝望，而若是爱情与温暖，于我，便是这日复一日枯燥和漫长的日子里最大的依赖。可以想见，看相人的这句话多么充满希望，多么令人安慰！尽管当时我的处境根本无法看到未卜的、温暖的前程，我甚至不能相信自己会有那么一天。当后来成为一名记者，奔波在一直陌生的大西北城市的时候，当我同时以编辑身份坐定在冬日里有暖气的办公室编稿时，我忍不住想起那次看手相的经历，一次又一次地问同事，我算是靠文字吃饭了吗？每天都在与文字为伍，就算那些文字是别人的，我只是货郎一样把它们聚拢到我的货柜里，然后将它们摆放齐整，再售出去，实际上，属于我的文字并不多，还不能达到文字意义上的“靠文字吃饭”——我只是想要证实一下，自己真的是与文字为伍了。

我无法真切地描述在厂里那不到三年的时光，高傲的心性使我在离开之后尽快地忘却了这一切，甚至在数年后再回到家乡路遇一些旧同事时，已不能自如地叫出他们的名字，只能颔首致以微笑了。我是一个念旧的人，很多旧事旧物故人，我都存放于心，再颓败、再沮丧、再低微的生活我都能独自体会出一种美好的情绪来，但偏是在工厂的经历我不曾反刍过，甚至少与人言谈过。就好像这几年在我心里只是一个空白，我已经忘了在它变成空白之前的那些人与事。

挽着丈夫的手臂走到厂门口，仍像以前路过时一样，侧首看厂名那几个洒脱的字，也只是看看而已，不入心，一点触动没有，半点感慨都不曾发。二十多年了，那几个题字颜色如故，气度如故，只是铁栅栏里的大院不再有匆匆而过的身影，围墙边当年开满硕大花朵的扶桑早已踪影皆无，空旷的车库四围长满了数米高的杂草，荒郊野外一样，尽显苍凉。听不到厂房那边的机器轰鸣声，整个厂区空旷冷清。我其实是有些痛恨这个厂的，在它之前，这块地是片梨树林，每到梨成熟时节，趁着上学路过，我们会钻进梨树林，瞅上哪棵树，几下爬上去，摘下几个埋进书包里，然后在看守人发现之前飞快蹿出去。梨树林的另一面，则是浩浩荡荡的一片茶树，每年暑期，采茶便成为我们勤工俭学的最好办法。但蓬勃的梨树林和碧绿的茶山早已不复存在，它们为工业的产业化让了路，社会是发展的，发展是需要代价的。但在当时，那磅礴的气势之下，谁会惋惜那片不值几个钱的梨树和茶树？谁又会想到，那般光鲜亮丽的企业衰败起来，更有一种排山倒海之势呢？

我早就不再熟悉这个工厂，它的占地面积丝毫未有改变，围墙之内，无论繁华或破落，都是它存在的痕迹。我不了解它动荡的历史，只是经历了它奢华的开始，而它外表的奢华却成了我的梦魇。我所知道的，就是这个厂再不是当年那个县属企业，几易其主，最后变成了谁的，谁知道呢。我那些旧同事，还有多少依然坚守在这里？当青涩褪去，当生活无奈，当人生不能自已时，他们的守候能彰显多少意义？想来就有些悲哀了。小城的生活不再有当年的安静，它喧嚣，它躁动，它不甘落后，它不忍平庸，于是才处处皆有爆发的力量，才有让人讶异的变化的速度。只是，怎样的变化都无法满足人内心的那更为庞大的欲望吧，变化之后，剩下留给我们的又究竟还有多少？就好似我，连记忆都不肯再有。

目视之后，我低头走过。这个历经近三十年时代风雨的工厂，依然不能入我的心，我还是不能够回忆起它给过我的当年，若非朋友提醒，我还是要继续漠视或者说遗忘。它不是我的那些同学、朋友，想起时心生温暖。还好，无论我有怎样的想法，它都不会抢夺我的心思，彼此都无动于衷或许才是最好，就像是，我的青春里，我仅仅是“到此一游”过。

片段

一

五岁。春节。踩在老家堂屋高高的门槛上，穿着逢了年才可以穿上的新衣，在忙碌的家人的身影中孤独地倚着门，不曾喧闹，也没有顽劣。屋前那片稻茬子泛着腐败气息的水田里，温暖的阳光像一个白胖的娃娃，懒懒地躺在水田之上，翻个身，一片金闪闪的光芒就是它翻腾的声音。隔着水田的，是一条冬天也盈满水的渠沟，渠沟里的水草，不再牵着长长的绿，而是泛着白，病奄奄的。渠岸，那种叫水柳的灌木像所有的树木一样没有一丝绿色，但水柳枝的肤色好，是褐红，示意着它生命的不朽。

所有经过我的家人，都用一种奇怪的眼神看着我，哥哥和姐姐们还会伸出手指弹一下我的头，他们在诧异我的安静，这种安静，在他们看来，有些诡谲，却不会有一个人知道和体会，我的安静其实来自一种忧伤，一种遥远的、不可捉摸的忧伤。我居然想到很多年以后我的死去。在喜气洋洋的气氛里，五岁的童年在为将来作另类的默哀。

二

那个小小的村庄有一个听起来很奇怪的名字，叫“羊背”，分上岭和下岭，上下岭加起来也不过十户人家。头上的疤是在上岭落的，五六个孩子“呼呼啦啦”挤上一辆板车，那时的孩子没有太多束缚，没有玩具，没有电视看，更没有五花八门的彩色图书，一般是出门见什么玩什么，泥巴，石头，棍棒，从不考虑有没有危险，或会不会弄脏衣服。因为来自外地，我成了最早一个被让进板车里的人，却也最早成为从板车上跌下来的人——板车被挤翻，我从上面栽下来，撞到一块锐利的石头。所有的孩子都噤声了，我被手上和流到地上的鲜血惊吓住，凝视了差不多有半分钟才猛然放声大哭，除了那苏醒过来的痛，更多的是惊悚——那么多的血，“哗啦啦”地流着，我觉得它们要流干了，很快，我就会死去。

没有人会让我死去。我哭着，奔跑着，被我称作“娘娘”的人用柴灰帮我止了血，后来妈妈又带我去邻村的卫生所重新消过毒，为了在伤口上贴上纱布，沿着伤口周围的头发被妈妈挨着头皮剪了，六岁的我管这就叫“破相”。后来头上的伤长好，留下一道拱形的疤，尽管疤被重新长出来的头发覆盖住，但我总是担心它不小心露出丑陋。在成长的年月里，这道疤总时不时地让我心里充满了不安，就像一块捧在手里的冰，再怎样颠倒手，那寒气一样毫不留情地渗进肌肤。

以后我再没到上岭去过。上岭的娘娘倒时不时过来看我。娘娘没有孩子，她婆婆不喜欢她，男人也就隔三岔五地跟她找点茬儿。娘娘说不上很漂亮，却是个很洁净、能干的女人，家里家外都操持得顺顺当当，但这一点儿用也没有，娘娘的婆婆还是整天指桑骂槐，隔个三五天，娘娘的身上不定哪处就多了道伤痕。我知道娘娘生活得不快乐，她在和妈妈聊天时我总是看到她眼睛红红的，妈妈不知道怎么安慰时也跟着眼泪汪汪。娘娘很喜欢我，我那时常跟了妈妈她们出工，休息的时间，娘娘很自然地揽了我在她怀里，那个削瘦却温暖的怀抱让年少的我有了迷恋。离开羊背，我一直忘不了娘娘，有时在街上遇到，总是热切地扑过去抱住她，娘娘也毫不避讳地搂住我。后来娘娘的丈夫出了意外，再见娘娘时，她的样子老了很多，不再那么干净和整洁。看到我，也只是敷衍地点个头，偶尔，立下，打量我，冲着妈妈说我一声，长大了。就这样轻轻地把我遗忘。

下岭是农场的一个点，妈妈在这里做会计，住的是农场的大排房。排房有三户人家，我们算是一家，其实也不算是完整的一家，只有我和妈妈，爸爸在老家工作，带着哥哥姐姐们，而我又跟探亲似的，几个月才来一次。再就是吴阿姨一家四口。还有一家是顺哥哥，一个人。

吴阿姨有一儿一女，儿子小名叫牛牛，女儿小名叫秀秀。

牛牛比我大三岁，模样高大结实，总是跟秀秀吵架，抢她碗里的菜。除了吃饭和睡觉，牛牛手里是不离棍棒的，他说要当英雄，英雄需要武器。英雄的武器令上岭、下岭的狗都犯怵，见了牛牛就远远躲开。

已经忘了是为什么跟牛牛发生争执，牛牛跑出好远才扔出他手里的石头，很不幸，我的额头上承接了这块石头的撞击。这是一场鲜血之战，只是，我除了哭，已经不再惊惧。吴阿姨把牛牛打得嗓子都哭哑了，倒是妈妈不忍，让我戴着额上的纱布跑到吴阿姨家替牛牛说情。

除了上岭，我最常去的地方就是排房院外的沟边，都是和秀秀去。沟里泥鳅多，天气热的时候，总是有从泥里钻出来趴着的，沟水清得很，很容易就能捧到泥鳅。但沟里的蚂蝗也特别多。玛蝗听不得水声，水声一起，就见它们不知从哪儿蹿出来的身影，速度超乎寻常的迅疾，还没来得及跑开，腿上或胳膊上就贴上了好几条。我怕蚂蝗软软的形体，一看到它们在水里细蛇一般的游动，汗毛都竖起来了。羊背上岭和下岭凡遇水都少不了蚂蝗。少年的顽性让我和其他孩子一样喜欢捉泥鳅，但因了对蚂蝗的畏惧，从来不敢下到水里。于是每次都是找一个破簸箕直接铲进沟里，簸箕提上来，不见得有一条泥鳅，倒密密麻麻粘满了蚂蝗，还有比大拇指粗的，油亮光滑的青褐色，把人吓得扔了簸箕跑出很远。

有一回，我被秀秀很不小心地推入沟里，跌下去时还兴奋着呢，从沟里爬出来一看两条小腿上至少有四五条蚂蝗，一下子尖声哭喊起来，下意识地猛跺脚。顺哥哥听到跑出来，小心而迅速地用线把那些青紫的软物搓掉，又给我被蚂蝗叮得满是血孔的脚上药。由此我对蚂蝗的恐惧到了巅峰。

若不是遇了那粗壮的蚂蝗，单是细长的那种，不敢抓，却还是敢看的，有时顽性起来，学了别人，抓一把盐，离得远远的全撒到蚂蝗身上，蚂蝗怕盐，蜷了身子，在盐里慢慢溶化。还有胆大的孩子，拿一根细枝，从蚂蝗的一端穿进，另一端穿出，翻袜子似的把蚂蝗里外翻过来，这时候的蚂蝗，该死了吧。

如今的孩子大概很少有知道什么叫蚂蟥了，那种又称水蛭的令人发怵的软体动物，曾像噩梦一样惊扰着我们这个年龄人的童年，却也给予了童年探险一般的快乐。我不知道，是否像几近绝迹的华南虎，那曾经让人只有厌恶的蚂蝗随可作耕地的日渐稀少和各色化肥的施用也会变得珍稀起来？

三

顺哥哥长得很帅，歌唱得好，待人也好。我和顺哥哥亲，黏他。我对顺哥哥的亲近，就像现在的孩子手里的棒棒糖，捏在手里，想不想吃都会去舔一下，让那香甜的味道一直留在舌尖，再渗进心里。

顺哥哥带我看过好几次电影，那时没人会奢侈到去电影院看电影。

放映员也是很令人艳羡的一个工作。上小学的时候，有个同学的爸爸是放映员，那同学牛得跟县长的孩子一样，多少人哄着他。不过那会儿可看的电影并不多，露天放映总是提前就通知，于是闲些的人早早就占了正中的位置，像我这样的孩子除了站在凳子上，就多半在荧幕的另一边，反正年岁小，喜的是看电影这么个过程，至于电影的内容，多是不计较看得懂看不懂，况且荧幕的另一边一样人影人声，似乎没啥不对劲。羊背离一个大型水泥厂很近，走了两三里就到了。水泥厂是省企，在这里工作的人都是来自全省的各个地方，方言不同的人在一块儿就不能说方言了，说的是普通话。普通话也是各有千秋的，这是长大后我才明白的一件事。听到说普通话的人，我们就要用很艳羡的目光盯着，说普通话意味着离开家乡去外地工作，就有了与当地人不一样的身份，于是我们那小小心眼儿里，自然也是藏下了长大说普通话的心思的。

顺哥哥背着我去看电影，每次都会有女孩子在放电影的地方等顺哥哥，见了我，买包瓜子或几颗水果糖哄着。回来的路上，大凡我在看电影的时候在顺哥哥的怀里睡过一觉了，正精神着。这时的夜美丽异常，萤火虫如同身边的繁星，我甚至可以看得见它们一明一暗的闪烁的部位。路边的稻田里，青蛙的呱叫此起彼伏似风中的稻浪，与繁星的光辉一道充盈了整个夜色。我趴在顺哥哥的肩上，胡乱唱着些歌。顺哥哥在我唱歌的间歇，就问我今天那个姐姐长得好不好看，温不温柔之类。

这个时候我什么都听不到了，只觉耳边一片寂静。快乐像一声呼哨，来得快，消逝得也快。萤火虫在身边凌乱的舞蹈，连片的蛙声把平滑的夜色划割得零落不堪，像我的心一样破碎。小小的心眼儿里，原来是希望顺哥哥只喜欢我。顺哥哥当我不说话只是任性，却不知道是他的快乐伤害了我。

后来回了老家，上学，接着成长，再没到过羊背。妈妈和吴阿姨一家在羊背只待了一年就回了农场，又一年后，吴阿姨调到了县城。

数年后，在街上遇到吴阿姨和牛牛，牛牛模样没多变，只是戴了眼镜，依旧很高很结实，还很安静。我喊他的小名，他只是用奇怪的眼神盯了盯我，嘴角微微上翘，少年的果敢、顽劣和敏捷，统统不复存在。

再见到顺哥哥，不记得是什么时候了，我像牛牛一样，在妈妈的介绍下很安静地冲顺哥哥微笑。顺哥哥的模样我早不记得，已经不确定面前那个白净的男人是顺哥哥，他置身在一堆化妆品里，敷衍地与妈妈寒暄着，已是十分商人的模样。那个背着我在一片蛙声阵阵、萤火虫闪烁的夜晚快乐奔跑的俊朗男孩在我的记忆里已渐行渐远，直至模糊不堪，最后像落叶在水面上溅出的几丝波纹，一圈圈淡开之后，复见平静。

在成长的过程中逐渐知道，长大本身就是一种磨损，磨损着最初的棱角分明，磨损着天真和快乐，幻想和梦想。当然，也磨损着记忆。

四

那样一个漫长的炎夏，对很多人来说，是煎熬。

我时常骑着自行车毫无目的地乱闯，县城边缘的村庄，就是那时走遍了的。只是，在那些一半是陌生的村庄穿过，闪过成片的狗吠，还有一束束或平淡或惊异的目光时，我知道，哪里都没有出路。我的穿过不过是内心的凌乱。

高考是预想中的落榜，要承受的压力也是预想中的分量，我无法在沉重的压力下自如地呼吸，唯一的方式是逃开。我早出晚归，那时能接纳我的地方就只有县图书馆里的开放阅览室。因为几乎每天都去，阅览室杂志更新的速度抵不上我翻看的速度，以至于那个瘦高瘦高的管理员一见我过去换杂志，就要歉意地笑笑。我连《中国兵器》这样的冷门杂志都没放过。到后来，再无新的杂志时，就寻个角落，一个一个打量在这里看杂志的人，直到看见一张熟识的脸孔，这才悄然起身还书，装着急事的模样出门，生怕被熟人看见。

再无事可干，就去找最好的朋友慧，我们俩在一起，总是有很多乐趣，有很多的话题。我们从小学三年级开始同学，经历许多次分分合合，她父亲那时是我们的语文老师，她家里订了好多杂志，还记得的有《人民文学》《今古传奇》《青春》，似乎还有《中学生阅读》，这些杂志她都偷偷借给我看过。我们俩好起来是从初中开始，初中搬到离家较远的地方，慧的父亲调到这个中学。我上了初二，慧重读了一年初一。慧有很多有改了或没改的卷子装订成的草稿本，我们那时最喜欢的是收集纸烟盒，纸烟盒的背面没有图案，做草稿纸正好。但慧的草稿纸用不完，隔三岔五就给我一本，同时也借我一本杂志看，有时候下雨，她会主动把她的雨伞给我送过来。我俩就这样好上了，而且好得就跟一个人似的。落榜并不影响我和慧的关系，但是有一天，她妈妈对我说，慧高三了，她要潜心好好学习，希望我尽量少来找她。心沉入海底，世界开始沉寂。

最炎热的时候，和一帮同学去了那个很偏远的村庄，从一开始就没能记住那个村庄的名字，后来索性连住在那个村庄里的同学名字也记不起来，只记得他像电影《超人》里的克拉克，所以我们都叫他“克拉克”，叫得亲切，也很搞笑。

离“克拉克”的村庄不算很远的地方有条河，我们去了河边。在同学的鼓励下，我第一次试着在野外的水里移动，穿着衬衣和长裤。我匍匐在水面上，展开双手，同学说，他只要一个指头就可以让我像叶片一样浮在水面上，他真的做到了。那一刻，尽管我无法飞翔，却有着飞翔的快乐。

我说人的前生都应该是一条鱼，双手就是鱼鳍，双脚是鱼尾。所有人都笑，说原来我是在童话中。“克拉克”说，这条河里淹死过好多人。

我让同学放放开托着我的手，在瞬间的漂移中，我蹬起的水花四溅，然后躯体沉重，整个身体没入水中时，我脑海里忽然闪出五岁那年我对自己死亡的想象。水中的压力很大，我以为那不由自主的挣扎会在水中蹬出很长的一段距离，可当同学双手把我拽出水面时，才发现其实仍在原来的水面。所有同学都看着我的狼狈哈哈大笑，而我，则在笑声中泪水汹涌。

没有人知道我那瞬间的念头。其实有时候不仅仅生命是一念之差。

五

复读不过是迷茫生活的一个开端，在那样一个嘈杂的环境里，我不知道那个文理科混在一起的学习班有多少人在努力地学习，认真地打理着自己的前程。才上了不到半个月的课，班上就有了分门别类，拉帮结派；有了成双入对，风花雪月；还有钩心斗角，心机重重。没有老师愿意给我们上课，一群边缘人过着边缘的暂时无忧的生活。

但这一切也许只是表象，所有热闹表象的后面是对未知的不确定的疯狂。当最初的期望幻影一样消失后，我开始孤闭内心，用来上课的时间被挥霍在乐安河边。乐安河其实只是一条小小的河，据说是鄱阳湖的一条支流，我不知道它从哪里来，但它确实给了我一段快乐和一片安宁。乐安河河畔有个小树林，林里有片算不得开阔的草地，从那块草地旁经过的人，根本就不会想到，仰躺在那里的，是个无处可逃、内心充满了绝望的逃课女生。

那段时间，除了乐安河河畔，我最常去的地方，是离学校不算太远的初中同学的单位。同学的同事要参加县文化馆举办的征文比赛，拿来几首诗，硬要让我帮忙给改一改，结果被改得面目全非。谁都想不到其中有一首诗居然拿了奖，从此我就被那个大男孩恭恭敬敬地称呼一声“老师”。

一个失去人生方向，茫然飘荡的“老师”，背过那个大男孩，我在同学面前笑得近乎癫狂，却很享受“老师”的待遇，每一次去同学处，面前都堆满各种零食，甚至在大街上相遇，那个长我好几岁的男孩也必远远地就打招呼。如果他知道县文化馆负责征文的那个人也是我同学；如果他知道我曾有过一篇文章落到同学手里，被他当面批得体无完肤，说我是“造词专家”……

自认为是风雨飘摇的人生，一个小小的亮点竟也千曲百折，经历着如此的千辛万苦。

最终，复读班的环境越来越不像样，“读”的概念几乎全无，大半的人忙着恋爱和打架。终于，我退了场，同样是虚度，混乱中虚度的时光让未来显得更加无望。

六

几张张扬着性格的照片无意落到了小波的眼里，小波从我的朋友那里强要了过去，然后，闯进我由华丽滑向灰败的青春岁月。也许，只因了背景后面的水库，清凌凌的水衬托了干净脸庞。有个朋友来互相吹捧也是一种快乐。那时候，心里充满了幻想，却从未想过一个男孩把后面写着诗的照片送给我意味着什么，只知道他兄长一样的关怀始终让我温暖。

那些日子，每一天都是失意。在无数个失意累积的时候，站在了小波的家门口。只因为他说要和我们去看英雄城，他说先要坐船，带我们去看鄱阳湖。小波的描述温馨、自然。没觉出自己的唐突，只想给小波一个惊喜。小波却受了惊吓，他的女友从见了我一面之后，便再不肯从楼上下来，而他父母毫不掩饰的惊喜都让我无所适从。我终于觉出他的不安和小心，原来所有的亲近都是有距离的，不破坏这个距离，该美丽的依然美丽。就像鄱阳湖，尽管近在咫尺，我终选择放弃，是不愿让那浩渺的概念在眼前错位。

离开时小波送我去车站，天下着细雨。小波脱下雨衣披到我身上，拂开贴在我额前的头发，忽然说了句，你这个古怪的小不点，最让人放心不下。他的眼神温润而伤感。我一下子从懵懂中清醒过来，但这种清醒是根刺，猛然扎进心里，瞬间疼痛。我鼻子发酸，小波高高的身影终于在面前模糊成一片。他说过，给我写了很多诗，我居然从来没有想过要看，直到，再也没有机会去看。

有些时候，清醒最不如愚钝。

瞬时而来，迅即而去，就如夹在书里的植物标本，小波成了一个记忆，或者说，成了一个青春记忆的片段。偶尔，在未来的时空电闪一般，划出几道亮光，但片刻之后，记忆重新黑暗，如羊背的牛牛和顺哥哥，如那个炎热夏天的瞬间沉落，复读班的喧腾。

出现在人生轨迹中很多很多片段，或许并不叫淡出，因为从来未被记住，只是在不同时段的某个情节吻合时，才让人恍惚一下。好像，一首曲子里不同地方的瞬间卡壳，只是停滞了那么一小会儿，相同的一小会儿，没人能听出，没人能感觉。

那些景

叶　落

起风了，忽然之间，那些喜欢张扬，总是翠绿着欢快的年轻树们瞬间进入了中年，顺着秋风面目黯淡起来，秃着脑袋，灰扑扑，冷飕飕。那些曾青春得不知所措的叶，同样凋落得不知所措，青色变得模糊，好像它们曾经的青春，如今一样变得遥远而模糊。而根根叶脉却清晰得无与伦比。

我总是在起风的天气里仰着头望着齐刷刷从树枝上飞落的槐树叶，分明是枯干的，却又总要挣扎着留一丝绿，又捎带了迟迟疑疑不那么透彻的黄，这叶色，就有些尴尬了。这种尴尬儿一点也不影响叶子在秋风中如此的风情，它们纷扬着，从每根枝杈上坠落，却又不肯义无反顾地坠落，于是借了风势舞动，犹如喝醉了酒的男人，恣情放纵，狂飞乱舞，更多的时候却像九天飞舞的雪片，姿态飘逸，凄婉哀怨。

南方的林木大多是阔叶，年少的时候，我手里举得最多的，是泡桐的心形叶，那些还毛茸茸的青绿着的叶子，娇气得很，没等风寒凉起来就被风吹折了，南方的风是湿软的，即使是秋风，也像性格软糯的人，耐心得让人烦躁，让你只想远离，不愿亲近。当然更多还是焦枯卷边的叶，看似水分尽失，但一脚踏上去，总没有想象中那脆脆的"吱吱啦啦"的声音，很多的乐趣就如同鼓足的气球，以为气是足的，可是拍打时，气却漏没了，剩了一个空瘪的外衣。那样的落叶是有些重量的，落到身上让你身体的某个部位隐隐生痛，痛也是轻浅的，蜻蜓点水般，几丝波纹之后复归平静，抑或风过时不小心被树枝绊了一下，不被注意地闪了闪。宽大的落叶自顾自一片片落着，落得有声有色，但绝不张扬，它们闪过你的梦，安然地落入岁月的另一端，等着潮湿的腐败。并不怎么喜欢南方的落叶，落得有些唐突，以为秋风一起，该落的也都落了，利利索索得很，但直到某一场雪下来，你还能看到些绿色的叶片，无比沉着地坠挂在树上，不见得是耀扬着骄傲，但总有些不合时宜的意味，好像到了该着深色服装的季节，却偏着了一身的轻红浅白。

到了北方才知道树叶是可以很细碎、很单薄的样子，可是密而厚，声势大得吓人。一开始我像不喜欢南方那些树木一样不喜欢在北方城市里见过的那些树，总是很小心地绽出些绿，然后就绿得无边了，随意而邋遢，但这样的绿又铺张得过了分，所以转眼间就被风吹得蔫蔫的，一点都不水灵。直到有次，我站在一排挺拔无比的大杨树下，初秋的风涌过来，杨树叶倾落如雨，无数焦枯的绿像一个个未圆的梦，却早早陨落。我忽然被这种壮美惊得失语，从此对落叶心仪，几乎每次都会被落叶缤纷的绝美震撼，并为自己不知道如何去形容那种美而忧伤得无法自拔。那时我最喜欢跟身边的人说的词就是“落英缤纷”。“落英”，让人忧伤；而“缤纷”，我以为是绚丽的。

落英缤纷，就是我眼里的大起大落，让我心动而又难过。

难过或者还好，那总是跟叶同悲喜的一种情绪。让我不忍的，不是叶的苍老、枯萎和腐败，或是被踩踏和碾碎，而是它们坠落后还未及四顾便被冷漠而尽责的清洁工清走的一瞬，就像一场繁华的落幕，所有掌声凋落，所有灯光熄灭，只有残烟冷成灰烬，连空气都凉下来。那是一场散不尽的旷世寂静，是拼却一生也掰不开揉不碎的悲凉。当然，也有那种挣扎着不肯凋落的叶，以为躲过了秋风，能够一直在灰暗的树枝上招摇（像南方的一些树叶一样），哪怕竭尽所有的精血，最后只剩下残败的——无人能懂也无须人懂的叶脉。可是——总是可是，它们逃不脱坠落的命运，可以闪过秋风，终逃不过那一把朝上舞着的扫把——在清扫者的眼里，似乎只有所有的叶落尽，城市才能干净；就算终有侥幸逃脱的，却依然斗不赢西北风，坚硬的，冰寒的。最后这样孤零零的落败反倒不如秋风起时的义无反顾，那好歹也是磊落的。

所以，当冬天来临，那些高大或者矮小的树变得光秃秃，城市只剩下荒凉的建筑坚硬地挺立时，一片落叶竟也成了一种悠长的想念。

很多年以后，青葱岁月早已被秋风扫落枝头，而我在这座很大的城市里已经习惯了自己的冷漠，才在起风时飞雪一样飘逸的落叶中仅是略迟缓一下脚步，却再也不会感到震撼和忧伤，更不会在一堆堆落叶被等同成无数肮脏的垃圾扫进垃圾车时，心生悲悯。我麻木了自己的很多感觉，当阅历的丰富让人生变得越发厚重时，我已经不知道，所谓厚重的人生究竟是怎样的人生。所有的悲欢早已四季一样不再鲜明。落叶仅仅是落叶，不再是风景，也不再牵动情绪。有如记忆中的某个人，被自己淡忘得只剩下一个模糊的叶轮——那只是无数落叶中的一片。

仅仅落叶。或者，仅仅叶落，而已。

花　开

一般来说，我不会漠视花开。就像是夜色中的焰火，所有的夜色都成了衬托，绚丽地绽开，闪耀着所有人的眼睛。但花开没有烟火盛放的喧嚣和华美，尽管开得五颜六色，异彩纷呈。花是悄悄地开，悄悄地落，悄悄地散发着它的芬芳。

春天的时候，总会在最不起眼的角落里看到那些小野花欢快地开着，怕占了太多地方似的，细碎得让你心生怜意。当然很少有人会注意到那些花，因为太过朴素，恬淡和安静。它们什么时候开，什么时候落，谁关心呢。那些花，一辈子，安安静静的在自己的世界里随风招摇，无人惊扰。只是因为不值惊扰。

已然忘了听到小说名字叫“花开的声音”是什么时候，只觉得有说不出的味道。有谁，听过花开的声音？我以为那应该是从石缝中渗出的泉水，带了清冽甘甜的气息，清澈透亮。或者是饱胀得有如哺乳期女人的乳房，不然，那花又怎会开得如此嚣张，居然爆绽出声音？再或，是戴望舒诗中撑着油纸伞丁香一样的姑娘吧，从那寂静的巷道怅怅地走来，又落落地走过，留下让人回想的怅惘。抑或，是那雪花的白，落日的黄，只是纯粹和清静。

花开总是美的，何况还有花开的声音。那些碎花，或者夜能听到它们开放的声音吧，在漫天的静谧中，无论怎样微弱羞怯的声音，也是石破天惊的震撼吧。

最喜欢花欲开未开的模样，真是“不胜娇羞”，用“千娇百媚”来形容一点也不过分。有段时间，总要经过一块花圃，那各色月季争艳斗胜，最抢眼的，当然是那刚刚盛开得一点不剩的花，所有的花瓣都一览无余地张开，每一瓣都毫无瑕疵，美艳得几近妖冶了，倒似风情正浓的少妇，一点也不肯收敛，就是要惊艳四座，就是要风华绝代。只是，美到了极致就很容易败，所谓美人迟暮，总是让人伤神。所以，还是那种欲开未开的花最好，香正酣浓，却又未释尽美丽，正是收放自如的时候，可谓恰到好处。

一起赏花的总是那么几个人，年龄层次分明的女人，赏花的心情截然不同。年轻些的，虽是花开未浓，却是鲜艳欲滴，暗香轻吐，娇不胜羞；那年长些的，自是怒放之后的泰然谢落，谢未必悲怆，反显气度。

百听不厌梅艳芳的《女人花》：女人花，摇曳在红尘中；女人花，随风轻轻摆动，只盼望，有一双温柔手，能抚慰我内心的寂寞……一朵曾经怎样怒放的花，潇洒不羁，却又花香馥郁，让人无比地爱着她的盛开。笙歌舞谢的繁华背后，她依然如一株含露的玫瑰，只是不知，盛开背后，寂寞之中，未败的她在为谁守那一颗玲珑的心，直到，最后的香消玉殒。

那些花草

我原来不是一个喜欢养花之人，因为性子粗糙，而花又多娇嫩多情，我没有那份耐心。

小的时候，养过一种五角星花，老家人都叫它“死不了”，翠茎细嫩，叶片碎小而绵延，开出五角形的花也是碎小的，却大过叶片，在一片绵延中显得格外耀眼。我拔了几根，种在院子里，想象着“死不了”在院子里的盛长，把整个院子都覆盖起来，那是多么蓬勃的一种景象啊！可惜还没等我的想象结束，“死不了”就“顽强”地死掉了，连干枯的劲头都没有，茎叶直接腐烂，可见是拼了多么强烈的必死之心。

刚上初中那会儿，一回与姐去池塘洗衣服，发现池塘边上不知道谁种了几排黄花，那时黄花正开，在金色的阳光下开出一片金灿灿的绚丽来。可能正是胸怀浪漫情愫的年龄，此景正应那情，便喜欢得不得了，待洗完衣服，欢欢喜喜地摘了好多盛开的黄花，回家用井水冲冲，让妈给炒着吃了。我们那地方，逢年必备三样干货：黄花、木耳、香菇，黄花虽比不得木耳与香菇那般贵气，但平时也不是轻易就吃得到的，可见黄花是贫而不贱。那时还不知道鲜食黄花有毒，尤其是盛开的，只记得一盘黄花几乎都叫我一人吃了，那味道真的很鲜美，以至于好多年后我即便知道了鲜食黄花有毒，在市场看到有含苞未放的新鲜黄花时，仍忍不住要买上一些，虽然怎么都吃不出记忆中的味道，但那种诱惑一直都在，从未淡过。吃过黄花的第二天，在我的央求下，姐和我又去池塘边拔了一些黄花，栽种在院里。黄花真的没有让我失望，第二年就在院里开出一片灿烂的颜色。后来家里养了几只鸡，鸡们霸道得很，大概是嫌黄花占了它们的地盘吧，无视我的看护和对它们的驱逐，硬是将一片黄花一点一点地啄没了——或者，它们有与我一样鲜食黄花的爱好！

再后来就到了乌鲁木齐，老公是个心怀悲悯之人，也喜欢花花草草，他办公室有几盆花让他侍弄得还挺滋润，但也仅限于时不时地给花浇浇水，都是那种易活的花，叫它们“死不了”大概也是可以的。不是养花的行家里手，偏又揣了一颗养花的心，于是家里也就有了几盆好死不如赖活着的花。当然也有些性子烈的花，受不了我的怠慢，就真的“壮烈”了；也有些自轻自贱的，自顾自长了，竟然还长势异常。那些年养了些什么花大都没记住，唯一盆虎刺倒是印象深刻。一开始虎刺也没见有多好的状态，插到盆里也一样半死不活。偏是老公对虎刺喜欢得很，用情深，除了浇水松土，还用尽各种语言来赞美。赞美的语言也是一种肥料吧，虎刺果然由半死不活的状态中慢慢苏醒，一苏醒就不得了，长势凶猛，先是出叶，再蹿个，后又旁枝逸出，勃然的态度令人惊讶。我却是不太喜欢虎刺，它长势越强越让我受伤——很多时候我给它浇水总是被它强悍的刺给扎几下，当然这跟虎刺本身无关，是我个人太不精细，就是平时在家里走动，也总是被桌子椅子磕到，甚至撞到门或墙，虎刺那一身坚硬的刺想必就是对付我这种粗猛之人的。除了虎刺，还有一盆什么花不挑环境地猛长，一年四季的苍翠总是令人心神安宁，再加上花开的时候一家三口围转其旁，评头论足，给家庭也增加了安定的因素，所以这盆花就成了我的最爱。女儿那时刚上小学，是个聪明但也比较调皮的孩子，第一学期快结束的时候，她回来说老师要美化教室，让同学都从家里搬盆花给班上，以后再还回来。女儿搬走了那盆花开得最美的，但搬走后就再不提搬回来的事。到第二学期开始，我去开家长会，看到那盆花，秀美挺拔在教室的窗台上。老师见我不停地盯着那花，就主动说起花的缘由，原来是女儿替别人抱不平，与一个喜欢欺负人的男同学起了争执，推了人家一把，结果那同学一踉跄失手将班里的一盆花给扳到地上摔碎了。女儿被老师批评，这才把家里的花给搬过来，算是赔班里的花。我哭笑不得，一种结果两种说法，意义是大相径庭。花是回不来了，就让它像女儿说的那样继续美化教室吧。倒是女儿，一直未改她那急公好义的秉性，上了初中、高中，甚至大学都还喜欢替人打抱不平，像是她爸喜欢的那盆虎刺，稍不留神就扎着人了。

我并不是很喜欢北京，这话或者说出来有些矫情，尤其在许多人仍在北京漂着，更有不少人以在这个大都市立足为目标，而我已经在这里衣食无忧且生活美满地生活了十一年的今天。但我很感激北京，这个大气度的都市让我从容安宁，这是我生活在乌鲁木齐的那六年里一直想要拥有却从未找到的感觉。这些年，我养花养草已经由被动到主动了。仍是一些未见名贵的花草，最初是办公室长得歪歪扭扭的花草，那没人待见的、撑死撑活的模样让我心生了怜悯，虽然除了浇水松土，清除枯叶烂枝外，我不知道还要怎样呵护，但是习惯了欣赏，每一棵绿芽的绽出，每一片花朵的萌芽，我都为之欣喜，有了用心之后再低贱的生命也变得异样美好。办公室的吊兰、鸭趾草、龟背竹、碰碰香，都长得茂盛葳蕤，精悍强健！

一开始家里养的是一盆别人丢弃捡拾回来的滴水观音，长得实在没有大叶植物的那份大气，不知道当初是怎样地被委屈着。当时并不知道跟老家芋头长一个模样的植物名字，后来养得好了，叶儿长开了，就像一个模样已长成的少女，简直滋养极了。滴水观音一直养在女儿的屋里，当是给她做加湿器用吧，她每年冬天都要因为天气干燥而流鼻血，最初流鼻血时她都要大呼小叫，无论夜多深我们都会被她叫醒，手忙脚乱地给她止血。流鼻血的次数多了，女儿经验老到了，再遇这种状况，她都悄无声息地自己处理，再不惊动我们。滴水观音的加湿作用在冬季暖气的烘烤之下真的微乎其微，几年后女儿却患了过敏性鼻炎，我不知道这与滴水观音的毒性是否有关，但为了女儿的健康，终于还是将这盆已经养得苍翠健壮的植物丢弃，就像它几年前的命运一样。毫不犹豫地放弃滴水观音，还有一个原因就是这时候我植的吊兰已经在两个屋里布满，是那种纯粹的绿色吊兰，叶细长翠绿，匍匐茎上长满根瘤，随便摘下一个须根，埋进土里，用惯常的老方法培养，不花多的心思，兀自茂盛，把个狭小凌乱的家洇染得满目翠色，较之滴水观音，一样养眼怡神。

再后来养了一盆海棠，破旧逼仄的盆，稀薄贫瘠的土，我并未想一枝茎能扦插出一个春天来，只想随它生长，反正只是几片肉质略显丰厚的叶而已。但海棠一点都不自轻自贱，它活得随意而随性，就算盆小到压根儿盛不住它那越来越粗壮的茎，它也毫不在意地委屈身段，蜷着生长，直至将小小的花盆几乎覆盖。待到终于换到一个大点的花盆，那曲长的茎依然按照它原来的轨迹生长。无论我折下多少枝茎插到怎样的花盆里，都会很快看到我需要看到的那份蓬勃，可见其生命有多坚强，比起有些动不动就要死要活的人来，海棠真是生命的楷模！

如今，我的家不再是那几十平方米的小屋，所养的植物也不仅仅是随性生长的那几种，专门从花卉市场买了数盆我依然喊不上名字的花草，其中有几盆买时郁郁葱葱，我们以为可以看到它们开枝散叶的，它们却莫名地郁郁而终，枉了我们的一腔热爱；也有的我们看着没有声色，总想什么时候会终结生命，却始终不动声色地挺立在客厅，努力地践行对生命的爱戴。现在养植物，比以前用心了很多，也有了耐心，看着绿色渐黄，看着叶枯而落，总会到网上查一下原因，然后喜阴还是向阳，是要满足的，断不至于每天浇浇水这么简单。

我不是挑剔之人，喜欢那种毫无尺度、绚烂绽放的花，也不排斥羞怯、朴素甚至隐忍无花的植物。花色的唯美，绿色的盎然，都是赏心悦目。只要有了生命，活得自然，我便喜欢和尊重。所以，那些植物，也必然是有心的，不好意思拂了我的意，长得也就很精神了。

春　日

一

似乎许久没有这样的阳光，干净，透亮。明媚是必需的，总归是春天，有一树一树花开的烂漫，有青青的草绿羞涩的萌发，有那么多张粉嫩的脸在太阳下晾晒。天蓝得有些开天辟地，云白得像是前所未有。清明那天下了一场雨，不似南方的雨那么缠绵悱恻，南方这个季节的雨像是怨妇，动辄一场淅沥，毫无节制，让贵如油的春雨泛滥得让人生怨。北京的雨没那么多情怀，干脆利落，仅仅是为了应个景，清明时节雨纷纷，不纷纷一场怎么渲染路上行人那欲断魂的一腔哀思呢？才一会儿，便停了，地面看着更像是洇湿的。有一场雨总归是好，连那还没有绿色绽出的树枝上都有了一副滋润的模样，更不要说那还沾了湿的迎春，活泼泼的俏丽。一腔悼念还未褪却，这天就如此爽朗，似乎不愿让人更多沉浸于悲故伤亲之中，活好当下，现实生活才重要。那一下午的雨，只是为了铺垫，或是衬托。

家里住的是新楼，刚搬进来时很是欢喜，感觉从此就踏步天堂。天堂其实离人间很远，天堂一定是没有烟火，而我，却在平凡中迷恋烟火朴实的味道，所以，即使醒悟着天堂不在人间，也还是将欢喜日复一日地延续。

处于宽畅的新居，总是那般自在与安宁。最爱是毫无目的地从这屋奔到那屋，客厅，卧室，书房，每个房间都如此明亮，春日的阳光慷慨洒满阳台，闪耀着一片炫目的温暖，如此奢华。阳台上有那么多的植物，青翠苍绿，活泼生动。每种植物都不拒绝阳光，蓬勃生长，恍惚间以为自己也是一株喜欢阳光的植物，端然地沐浴着这份自然的暖。有时候想想，懂得满足真是一件尚好的事，不自卑，不埋怨，不自寻烦恼，恬淡安静，正所谓，岁月静好，一切安然！

二

这样阳光净美的时光能做些什么？只能裹足衣服出门。

屋外的世界一成不变，周遭一片林立的高楼，楼与楼间还是有隐私的距离。在这个高楼密集的城市，隐私都会变成一件很奢侈的事，所以人心总是比较远，不知道你我之间隔了多少个光年，没有人对光年的距离有兴趣。但若无那光年的距离，城市又该是如何琐碎和繁杂？

生活就像陀螺，转转停停，停停转转，都与别人无关。生活本身也是一个大卖场，许多人喜欢事无巨细都搬到这个卖场里来，吆喝着，出卖着。我们旁观着这些人的生活，用他们的幸福或者不幸来温暖抑或安抚自己的内心，在他人的悲喜人生中努力完成一场不落空的收获。然后，他人依然是他人，自己也依然是自己。

好在屋外的阳光更加新鲜艳美，只是再温暖华丽的阳光也不过是春天的装饰。那边边角角的风像窥视了许久，终于按捺不住，就那样明目张胆地冲撞过来，就有了一丝冷寒的味道。其实春风真的只是调皮，看着莽撞，骨子里却还是非常具有文艺气息的，不然，怎么会有“春风它吻上了我的脸……”这么多情生动的歌词？

就那么伴着春风在阳光里走走停停。院子里去年才栽种的冬青树，好多已经被拔了出来，堆在一边，泛着死沉的灰白，才一个冬天生命就结束了，还是被围进那种绿绿的帆布里头，对寒冬的冷算是没有直接的切肤之痛，但即使这样，还是没能熬过，“忍冬”原来只是一个“忍”字，伴了期许，却也伴了无奈。北京冬天的行道树多是这样的冬青树，裹在帆布里头，被小心翼翼地保护着度过冬天，所谓常青，似乎只是痴人说梦而已，北方的季节，容不得冬天有那般嚣张的绿色。或者是生命过于脆弱，纵然全球气温在不断上升，不惧严寒很多地方却依旧是童话。城市总是用很大的代价来护卫越来越稀薄的绿色，较之于人，原本自然且自在的植物们反倒更加娇贵起来，好像通透了人的心理，需要人赋予十分的用心和耐心来捍卫才能将丝丝薄绿呈出，以慰人心。倒不如人，尤其是守卫或者漂荡在城市的人，反而越来越坚强和坚硬，再柔软的质地也会呈现无与伦比的强硬。

三

院外是条算不得宽畅的马路，路两边几乎没了空隙地停着车，平日里这条马路并不显寂寞，如此隐秘的一条路，跟繁华毫无关联，却总是断不了喧嚣。这个城市的每条经脉大都是如此吧，在汽车日渐成为家用必需品后，城市就更加庞大和生冷。路上行人不多，这样的季节，这样的天气，不会有很多人喜欢浪费的，一定是去了郊外赏那明艳的花，踏那柔软的绿了。路边有焚烧的灰烬，应是身在异乡之人，无以寄托哀思，只能在这钢筋水泥的缝隙里寻一处安静，不能摆几杯冷酒，却可以暗自烧几把纸钱，以悼亡灵。只是阴阳两隔，都是客居他乡，那份心情可否被承接？只能是客心逐流水，随缘到天涯了。

不远处的栅栏边，倚坐了一个老人，身边一个庞大的塑料袋，却只是下半部鼓囊着，想必是拾荒，得了轻闲，也不愿辜负这样的春光。老人半眯着眼，目光不知投向何处，这是和我们一样的背井离乡之人，唯一的区别就是，我们有了安稳的住所，而他们，飘荡在这个城市的某一隅，今日或许不知明日该身在哪里。有时遇到这样孤单的人，心里总是泛起莫名的伤感来，好似自己的这份安稳原本该是别人的，我有，他就没了。有一年的大年三十，一家三口出门去看屋外的焰火，那时满天正飘着大雪，寂静的世界被盛放的烟花渲染得有声有色，当真是喜庆而欢快的夜晚。出小院的门，门口两平方米不到的保安室里，保安夫妇趴在窗玻璃上安静地望着空中盛大而繁华的烟火，这些美丽的烟火离他们的生活是多么遥远，身在异乡，总有许多身不由己，总有许多不愿和不忍。欢跃的女儿一下沉默下来，眼里竟然满含了泪水。一个十六七岁的女孩，仅仅因了这样热闹的夜晚却有人如此的冷清而心生一腔悲悯，可见其心有多柔软和善良！只是女儿不知，人生本来多样，不见得每一种都是繁华，即使繁华，也总有落尽的那一刻，无论贫与富，安然平静的人生最是适中。想必拾荒老人，生活里亦是经历过无数的不安，在风尘弥漫的现实中逐渐淡然。只不过一切皆是揣测，他乡的阳光晒在身上不一定真的安然，异乡盛放的焰火也未必不能安抚漂泊的心灵。

就好像，这样的阳光，此刻的时光，都在浓汁绿叶中，尘来尘往里，悄然绽放。

坐在春天的地铁里

不知道从什么时候开始，没有了冬与春的概念，既无动于衷冬的凋零枯败，沉寂，也不如他人对春色撩人的敏感和惊喜，满心满肺的春风十里，眼里着了桃花，举手投足都有情有意，好像就是磕绊一下，绊你的都是钻石，绝不可能是石头。这样的春天一开始缭绕起来，谁说生活不好呢，好得简直没边了。

我就是很阴暗地一点都不开心，那么多的花花草草，那么多的春色撩人，怎么就只有我灰扑扑的样子，一脸的生无可恋，此生多余？

我忍不住狭隘，一坐进地铁，本来习惯是埋头假寐，或是一副时不待我的急迫看电子书的，从网上买了那么多书，不看多可惜，我一直假装自己是有文化内涵的女人，众目之下，人群之中，不能浪费这绝好的表现！有没有人注意我的勤奋好学先且不说，反正姿势是一定要摆足的。其实心里还有点小意思，万一——当然，我说的是万一，在地铁里看书的模样会感染到别人，那一定是年轻些，看我一把年纪的样子，头发白得如此蓬勃，勤勉至此，不免被激励，从此发愤，一飞冲天了呢！这种事不能说没有。为己，充实形象；为人，积福行善。便越发坐得端正起来。至于，一直以来，到底有没有被人纳入眼底，端庄豪华的读书模样，有没有真的打动感染过人，只有天知道了。但天那么远，会管人间的事吗？就算天是爱操心的，能这般细碎吗？早疯了吧。

抬起头，很有心机地装着从深读里刚拔出来的懵懂，其实很认真地去打量面前每一张脸。地铁里并不是一个能看到人最佳状态的地方，首先是人多啊，你挤我我挤你，一具具陌生的身体碰撞，一群陌生人的气息纠缠不清，鬼才有好情绪呢。所以你看，纵有春光明媚，春风十里，那也是属于我们的渴望，春光并不真的烂漫到无边无际，春风也不是无缝无隙。而地铁里，唯有淡淡的春的气息，沾在人的发丝间，衣缝中，再消散在数不清的攒动里。但总有丝丝痕迹的。比如那个中年男子，戴着眼镜呢，时不时地，用一只没拿包的手往上顶一顶不断下滑的眼镜，动作娴熟自然，一点都不拖泥带水，一看就是正宗的知识分子，内心有着强大精神支撑的人，绝不是我这样纯粹靠粉饰来慰藉内心的。中年男脸上几乎看不到皱纹，却神色绷得紧，眉头紧皱（这使他没有横纹的脸鲜明了竖纹），一副焦虑紧张的样子，生怕遗失了什么。这应该是个不惯常坐地铁的人，他用紧张和焦虑来区别自己与其他人的不同，示意自己也示意旁人，他是个有身份的人，不是地铁一族。呃，这当然又是我用很小人很狭隘的心理去猜测的。我们都习惯把光鲜亮丽的背后揣度成黯然，不黯然怎么光鲜呢！我不想这或许是中年男的常态表情，他没有皱纹的脸不应该配备着如此的焦虑，那应该是事业有成的云淡风轻才对，不过也不一定，他有张少了皱纹的脸，但同时也有少了发的头顶啊！上帝（我是不是要说老天更合适）还是公平的，并不是一味给予一个人，在给予的同时也会夺取一些东西，不管这东西是不是人所愿意失去的。这就想起曾经认识的一个朋友，博士还未毕业，头皮已锃亮，起初用各种洗发水，再用各种生发剂，到底是无可奈何花落去，只得认了命，不再折腾，任由头皮从百草凋枯到寸草不生，最后不着一发，年纪轻轻，已是聪明绝顶的沧桑模样，由此也奠定他人生的高峰——再前行也攀不过啊，“会当凌绝顶，一览众山小”。众山皆小，再无高度可越，你说这人生是不是就到了巅峰？还有一个搞食品研究的，什么时候没了发的实在无从说起，他那个头啊，一看就是荒芜久了，已经被摩挲的锃光瓦亮，跟块被把玩了许多年的玉石般，泛出尖锐的油亮的光芒。其实寸草不生的头顶并不令人生厌，比如这位搞食品研究的朋友，偏还生了一双凤眼，又大又媚，厚厚的双眼皮一掀起来，那眼神之温柔，就是一汪被太阳照耀着的泉水啊，又清冽又温暖，真是不要太迷人了。最让人羡慕嫉妒恨的，是他还有一对双胞胎女儿，长得貌若天仙，尤其是眼睛，一点不落地遗传了父亲的优良基因。想想看，一样好看的三双眼睛，齐刷刷在面前扑闪着，天啊，光是想想，就陶醉得不行。有一段时间我真是羡慕双胞胎的妈妈啊，整天沉浸在三份好看里，连饭都不要吃了，秀色可餐嘛，一年下来，该省多少钱！好恨自己没有美貌，还把女儿也生得不像天仙，好不容易有双大眼睛厚双眼皮，很多人见了都异常兴奋地问，双眼皮哪里割的，赞叹地说割得真自然。唉唉，人比人，得气死人，算了，不比了。

还是扯远了。怎么说着这个男人，一下子又扯上了别的男人了，还都是绝顶聪明的男人，看来我下意识里还是对这种有成就的人生怀着敬仰之情。

男人的电话忽然响起来，声音很大，是那首嘹亮高亢的“我在遥望，月亮之上……”我就觉得要收回对男人的判断，他大概不是知识分子，有学问的人电话铃声怎么也得是《月亮代表我的心》这样的，有内涵啊，用月亮来表达心声，既婉约又多情，还一片情深义重的。男人掏出手机，看了看，面无表情就像是一块遮掩的幕布，“呼啦”一下，幕布扯掉，精彩上演了。我诧异这张脸上的风光，竟是四季各不同，微笑，柔软，嗔怪——还有仰头大笑——那种收敛的，从塑料袋里挤出来的吃吃声，绝无接电话前的萧索、冷漠和焦虑。最后竟被春光站稳，嘴角上扬，微微颤动，眼里是明媚的，温和的，像午后阳光下的花，虽不是娇艳欲滴的模样，却充满了恬淡安宁的魅惑。这时候的男人，脸上的皱纹细密密地摆出来了，唇角，眼角，这使他面色与年龄和谐统一。看来，人至什么年龄段，终归是有痕迹的，再怎么躲躲闪闪，一个不经意，破绽就出来了。不过呢，男人脸色柔和起来虽然有了岁月的留痕，但较之他一脸的焦虑不安，还是要可爱顺眼得多。忽想起“春光乍泄”这个词，他此时不是乍泄，是真的沉浸在春光烂漫中呢。其实生活里，又谁不是会有些春光呢，因为爱人、孩子，或是异性，还有升职、加薪，又或者意料不到的惊喜，只要心中有盛放春光的地方，就会有乍泄的明媚。

我似乎盯男人久了，过于集中的眼神太容易让人感觉，并且误会。男人眼神看定我的时候，我已经不能迅速地反应，掉头未免过于生硬和鬼祟，只好展齿一笑。笑容就像空气清新剂，瞬间让尴尬化成一缕芳香。男人也微微一笑，点头，像在应允我的无理和冒失。

人开始拥挤，一站又一站，有人上来也有人下去。但总是上的多，车厢就越来越拥挤。好在大家都习惯了这种拥挤，都是为着相距不远的终点而去，上上下下，每一站都像是接力，前站上来的是为着往下一站或更远的站传递接力棒。一站上来，瞅准某个空隙，把身体移过来，用怪诞的、松斜的姿态站着或靠着，自然是能不用力气就不用力气了。这么狭小的空间，人比罐头里的肉还要更紧密，好歹罐头里面有好多的汁水呢。一个女孩儿挤过来，大概是想靠中间的铁扶手吧。倚在扶手旁的高个男孩赶紧往旁边让开，说让，其实并没有大的空间移动，只是象征性地从一侧松动了些而已。恰巧女孩儿也正欲从男孩旁边绕过去另一侧，男孩于是扎扎实实又成了一堵墙。女孩只好向左侧移动，没承想男孩见势向他的右侧晃过来，又结结实实堵住了女孩儿。一堵移动的墙！两人神一般的默契引起几声笑声，原来注意到的人并不只有我啊。两人面对面的瞬间有些尴尬，却在不经意的对视之后彼此莞尔一笑。又是拂面春风。也许我们当中希望有些什么浪漫故事发生，像影视剧本的情节，明知道俗套，却还是忍不住期待。只是现实生活没那么多的童话，浪漫也是有前提的。在世间的每一个角落里，有偶遇，有艳遇，而在拥挤的地铁里，是不是也可以有撞在一起的钟情?

事实是，男孩再次迅速闪开，也许是绅士的作风使他谨记着女士优先的道理。可他忘了这个拥挤的地方不容他过于激烈的动作幅度——他踩上后面人的脚，引起反抗。男孩赶紧回头道歉，他在体验着另一出没有温度的剧情。而女孩，已经淡去脸上刚刚盈起的笑容，冷漠地别过了脸，她顺利地靠上了铁扶手，已达及暂时的终点，之外的世界于她无论纷繁还是清凉便一概成为多余。已无人再关注。这样小小的故事或者事故，在地铁里是不乏的，碰撞避免不了，静美的，淡笑而过；激烈的，就是一场争执，破口大骂、撕扯都在分秒之间成为可能。多少人在陌生的人群里恣意释放被压抑的个性，用另类的途径宣泄着各种不顺和困顿。或许此时只有我期盼地铁里有童话，生活太循规蹈矩，线性规划过于桎梏，只有让思维在生活所不达的地方恣意那么一会儿。

地铁只是一个交通工具，虽然它有固定的空间，但是似乎更适合用来放置疲惫，顺理成章地安置由内而外的冷漠。只有在流动的人群里才可以没那么多顾忌，毕竟，看过你最卑微最松懈的人不会把你放心里，你只是一滴水，来不及形成自己的模样便已消失。这一段里程里，只有短短的数十分钟，并不能让人生有所幻变。看似流动的每个人，其实都有自己的归属地。

我的站越来越近，不那么拥挤了，有人上来就占了座位，表情舒朗，很开心的样子，转过头来，与我的目光相遇，眉眼处越发笑出花来，像是仅仅几站地的工夫，春天已经膨胀和蔓延，强行涌进了地层下面。安静的地铁里，这时候有了花香，四溢着的美好。我到底没忍住，嘴角跟着扬起来，陌途上的人，毫不吝啬他明媚开朗的笑，我又怎能任它付之流水呢！

咖喱在奔跑

离开的时候，哈尔滨正大雪纷飞。在去往大连的列车上，沿路残存的雪迹，在远处的坡坡坎坎上闪着迷人的光芒。女儿无视那断篇的雪，她兴奋的是手机里的视频，视频里两只动作笨拙、憨态可掬的小狗，油亮的浅咖色毛发在手机屏幕里同样闪着光芒。女儿的兴奋无法抑止，她无视我的犹豫，确定其中一只属于她。等到对方很认真地问她，真的确定要吗？女儿才想起我的感受，小心翼翼地看着我，那眼神里的期待让人无法拒绝。女儿从小就喜欢动物，各式各样，不分类别，不分品种，这种博爱的精神并未伴随她的成长日渐消弭，反而无限发扬。

我没打算接纳一条狗，而且还是一条身份血统有待考究的狗。

但女儿喜欢。她的喜欢很执着，玻璃一样透明、坚硬而又脆弱。我没明确同意女儿的请求，也没像以往一样断然地拒绝。因为我知道，我不是她真正的阻碍，她难以逾越的，其实是她最为抗拒养狗的爸爸，接纳与拒绝，爸爸的态度更为重要。

我这个薄弱堡垒的被击破让女儿一路愈加兴奋，她甚至在列车途径某个站点时，给一个并不十分熟稔的战友微信说，我到了你的地盘！列车在这个“地盘”上其实只是一掠而过，那小小的站台或许连列车的模样都不曾看清吧。她这么一路开心不已，是因为她觉得那只小小的动物已为进入她的生活而严阵以待了。

也许是巧合，离开大连时，又是漫天舞雪，雪花片片儿大若枫叶，美得令人心动。只是这雪片再大也不能留住，或许海边城市对于春的概念更为在意，这才春节刚过没几天，已有春意在闹，再容不得一丝半点的寒意。这样的雪景并不多见，地面之上，白雪狂乱，打到脸上，生生的疼，然而地面却无一丝积雪，倒是有低洼处，积攒着来不及淌走的雪水，清凌凌的样子，一点也不污浊。女儿同学说，小狗已经从山东带至北京，只等她这个主人的认领。从大连往北京的高铁上，女儿说她归心似箭。

归心终于安顿，第二天就迫不及待把刚满一个月的小狗抱回了家，藏在她的房间里。一个平坦的纸盒，里面铺着尿不湿，上面已经有尿过的凌乱痕迹，小狗趴在纸盒干爽的一边，懵懂的样子，爬出来四处看看，又摇摇晃晃爬回去。大概是一个陌生的地方陌生的气息让它有点找不着北吧。从无养狗经历的我，对于这条幼犬的到来还是有些失措的。好在，女儿做过功课，对于狗的习性她从网上了解了些许。我更为忧心的是，女儿将如何把家里有条狗这样的事实陈述于她的爸爸。女儿在忐忑之中。我也无计可施，做好一场家庭战争爆发的心理准备。该来的总是要来，该面对的总归要面对。

山雨欲来风满楼。我以为风这么紧，雨肯定要下。但奇怪的是，只是风紧紧地在楼里面兜了一圈，把紧张的气氛做足之后便悄然退隐。雨终究没能落下。

老公曾被狗咬过，由此对狗有心理阴影。他其实不是讨厌狗，而是不习惯很多养狗人过于宠溺狗，把狗人类化，对狗爱心满满，对人却冷漠霸道自私。一次遇到一个抱狗的女人，一路一直在莫名地问狗：“宝宝你怎么了？你说话呀，你到底怎么了？”老公在陈述这件事时，极其不屑地说，她就是问上一天，那狗也不会应答！

当老公看到这只大型毛毛虫一般的小狗时，脸尽管阴得能滴出水来，但终于他什么也没有说。这就算是默许了。女儿内心狂喜，却不敢流于脸色，背了她爸爸，抱着一脸懵的小狗手舞足蹈。

就这样，这只后来被女儿取名叫着咖喱的狗落了户，成为我们家正式一员。

咖喱的妈妈是正宗的泰迪，至于咖喱的父亲，这成了一个谜。据说咖喱的父亲是金毛，而咖喱的毛发与相貌确实与金毛也有几分相似。但当我明白金毛是种体格庞大的大型犬时，便怀疑起咖喱的身世。女儿从网上下载了一些图片，我们努力辨认咖喱的外貌更接近哪一种犬类。可能是太小，咖喱的长相很具普遍性，这使它的身世更加扑朔迷离。好在，咖喱到底隶属哪个犬种，我们也只是兴趣那么几天，看着它呆萌呆萌的样子嘲笑一番，然后继续把它当作有别于泰迪的泰迪。咖喱也很无视身世正统与否，它从来不看我们移到它眼前的乱七八糟的照片，只用它水灵灵圆溜溜的大眼睛盯视我们几秒，然后爬进给它备好的窝里，玩球或者睡觉，一副不去理会这纷纭世界的淡定与懒散。

咖喱在家里很随意，一百多平方米的屋子里它从不轻慢哪个角落，无意之中，总会在某个地方踩上或看到咖喱漫不经心留下来的尿迹。这种时候，我下意识地会发出一声惊叫，大吼一声："咖喱！"起初，咖喱还没熟悉自己的名字，只是撩开随时都能合上的眼皮无动于衷地看一下发生了什么，然后接着它没有节制的睡眠。它这副无辜的样子让我忍俊不禁，不忍心责骂，只能拿着拖把把它制造的罪证抹干净。咖喱看见拖把，有了兴致，挪着它笨拙的身子过来，先咬住，再把身子移上去，好像拖把是它的座驾。可是它实在没有驾驭这个座驾的能力，稍一颠簸，一个腾挪，便从上面翻滚下来，四脚朝天。咖喱没觉自己丢人，把身子翻过来，又接着往拖把上爬，反反复复，毫无节制。这种执拗最后以我不耐烦直接把拖把拎了起来而告终。除了小便，随地大便也是咖喱的毛病。女儿买来了狗狗的马桶、尿不湿和诱导剂，奈何咖喱根本不肯待在此卫生间里，任你把它的窝一次次摆进去，它都顽强地一次次再拖出来，以鹊占鸠巢的气势端端正正地摆在客厅，让你无法忽视。看在它年纪尚小的分上，我们容忍了它的任性，就由着它自行发挥，任着它整出一串串的幺蛾子。这实在是一条不走寻常路的狗，好端端的窝没卧几回，它就由窝里出来趴在窝顶上，房子一样端正的狗窝没多久就塌得再撑不起来，后被它连撕带咬给整成一堆垃圾。女儿给咖喱买了一只布偶狗，它喜欢趴在上面，布偶狗的四条腿像床的围栏，把它围护着，咖喱留恋这种很像是找到母亲怀抱的感觉。我以为这种母亲的感觉会让布偶狗与咖喱相伴很久，但同样没多久，它成功地将布偶狗里面的棉花撕出来弄得满屋子都是。

虽然咖喱一开始并没有表现出我们所期待的那种机灵，它的任性愚笨让我时不时地生出愤怒和绝望，两三个月了，才慢慢明白自己叫“咖喱”，明知道不能随地大小便，却总要自以为神不知鬼不觉地在某个桌椅腿上或者哪个旮旯偷偷来一发，一旦被发现，便窝着脑袋一副任你发落的熊样。最为可气的是，它偷偷拿茶几、桌腿来练牙，暗红色的茶几上布满了它的牙印，露出原木的颜色，就快要跟天上的星星一样繁密了；甚至刚买不久的藤椅，用以起固定作用的藤蔓也被它咬断了。而这些战绩是什么时候留下的，我们竟然毫无察觉，可见它又是多么善于伪装——在我们面前，它只是乐此不疲地叼走我们的拖鞋，啃咬它的球，还有它其他的玩具。咖喱破坏属于它自己的东西，我们是非常能容忍的，毕竟是它专属的物件，但它将破坏性延展到它世界之外的物品，就让人异常愤慨。当我指着那些星星点点对咖喱再做咆哮态时，它倒是读懂了我的态度，躺在地上举着四爪一动不动，这是用保持被我吼叫的姿势来证明它意识到自己的错误。我颓然地坐到地上，已然明白，跟一只狗较劲无用，它只会无比善意地拉低我们的智商。及至它一岁以后，再用那些星星点点来教训它，它会非常淡然地把头别过去，假装看不到。

开始带咖喱出门，咖喱的萌态让它获得小区很多孩子的喜爱，它对那些喜爱的表达就是不停地舔那些孩子的手，随他们在自己身上胡乱摸着，它从不躲避，不龇牙，也不叫唤，友好得简直把自己当成了天使。在它的同类面前，它无论大狗小狗，无一例外都欢天喜地直奔人家而去，摇头摆尾，转圈圈，实在无法表达它的欢喜，就在草地上打着滚，一个滚不够，那就多打几个滚，憨态确实是招人得很。招人但不见得招狗，有些傲气的狗才懒得理它这只嫩得不会叫唤的小狗呢，照样不耐烦地冲它吼上几声，然后撒开脚丫子跑走。咖喱居然还懂得失落，蠕动着身子趴到我腿上，泪汪汪的眼睛看着我。这个寻求安慰的动作被我一笑而过，我摸摸它的头，继续引导着它向前奔跑。果然，咖喱瞬间会忽略掉自己的情绪，它以一种奔跑的姿势跟在我后面，熟练地绕过每一个在它面前显得巨大的井盖，欢跃而笨拙。在这样的欢跃和笨拙中，咖喱在慢慢成长，也越来越能奔跑。它的腿健壮有力，它有一双柔软的耳朵，还有着长长的灰褐色的毛发，在草地上自由奔跑时，它的身姿如同一只在广阔的原野里奔腾的兔子，矫健得令人赞叹。只是咖喱实在不适合对它的赞叹，囿于地形的复杂，它时常会在分心之时，一头撞到某棵细弱的树，撞了也就撞了，它依然不会叫唤，歪头打量那棵平静下来的树，大概发现与树是没有可交流的语言，便又一摇尾巴，重新它飞一般的奔跑腾跃。渐长的过程中，咖喱的交往也是越来越广泛了，院子里那些每天几乎都能遇见的大狗、小狗，纯种的、非纯种的，漂亮的、丑陋的，温顺的、凶狂的，咖喱从来都不加选择地表现出友善，那根没有剪过的长长尾巴经常像钟摆一样，不知疲倦地摇摆着。

咖喱友好，并不表示院里所有的狗都能接受它的友好。所以，它会经常性被一两只狗欺负，有一回还被一只体格比它小的泰迪给咬伤了。咖喱终究是有些害怕，会在遇到那只泰迪时贴紧着我的腿。这样的害怕也只是那么几天，它对受欺负并不如我这般上心，它固执自己的友好，依然满怀热忱地在每一个早晨与傍晚的相遇中，欢快地奔向它的同类。也许在咖喱的世界里，善是唯一的表达。相比之下，我们人类倒是过于复杂了，一个“爱恨情仇”都不足以概括内心的情感，仅以“好”或“坏”来作为判断某个人反而成为最简单的事。

院里纯种的泰迪比较多，而咖喱的泰迪特征几乎消失殆尽，长长的咖色的毛发在剪过几次之后已完全变成了灰褐，半卷不卷的样子匍匐在身上，毫无纯种泰迪卷毛的自然和温顺；它的耳朵柔软细长，毛发却由细软变得直而硬；唯有眼睛，依然又大又圆，又亮又湿润，成为它不逊于纯种泰迪的特别之处；还有它的眼睫毛，长而密，更是让它的眼睛与众不同。经常有人试图猜测咖喱的身世，结果发现这不仅徒劳，还让人纠结。幸好咖喱不太在意自己的身世，它没心没肺的样子，似乎天生就该无忧无虑。是啊，它的信仰就是吃和玩，只要这些条件都满足，它为什么要为自己血统的纯与不纯而忧心忡忡呢？

我以为咖咖喱会一直这么毫无心肺地快乐下去，出门就撒开四条腿疯跑，遇到同类就无所顾忌地示好，被猥亵了不知道躲开还一脸懵懂好奇，不记仇，不为自己的零食被分享、自己的玩具被夺走而抑郁或愤怒。直到有一天，它发情了。

咖喱发情是一岁刚过，正是春暖花开时，院里的很多狗都处在发情期，平时不怎么拴的狗狗们这时候都无一例外地被拴上了狗绳。咖喱为之相思的狗是只金毛，但它在倾慕的对象面前还是很节制，从来没有霸王硬上弓的不雅动作，对情窦初开的它来说，浓烈的异性味道已经让它很满足了。它不肯回家，被强行拖回家后，不再理我，连狗粮都不屑于吃完。它坐在书房门口，透过书房的窗户向外凝望，神情专注而忧伤。我们跟它打招呼，逗它，它用眼神瞥一下，还是不理，视我们若陌生人，平日的那份亲昵如过眼烟云。或许这么枯坐着不足以宣泄内心深沉的情感，咖喱居然狼嚎一般呜咽起来。它让我们终于见识了一只狗对于相思的执守。

严格来说，相思过的咖喱就是真正意义上的成年狗了。虽然没有经历过事实的交配，但自此之后，咖喱已经会吠叫了。在狗界，咖喱绝对属于“闷骚”型的狗，一岁之前，它几乎没叫唤过。我家对门的狗，稍有动静，便狂吠不止，有时和咖喱同坐电梯上下，那狗始终都保持着临战状态。咖喱不！它只是充满喜悦地看着对方，尾巴打在电梯壁上，“砰砰”直响。我想应该是咖喱的感官接受外来的信息过于迟缓，才使它没能把狗特有的天性及时发挥出来。比如我在门外敲门，高声叫着“咖喱”时，它倒是在门内着急，却只会站在门口转着圈地摇尾巴，不知道用叫唤或其他方式来提醒家人给我开门。有陌生人敲门，它也是警惕地站在门口，这时候的尾巴是紧张的一动不动，可一点声音都不发出来，若真有坏人，它的存在能起到什么威吓作用？一春之后，咖喱总算开了窍，开始在这个家里担负起体现它价值的重要角色：守护神！它开始敏感门外的动静，一有风吹草动，便不吝啬它的叫唤，但与对门的狗相比，它的叫唤还是显得很矜持，但力气肯定是用了的，所以时不时地会听到它的破音。倘有陌生人进门，咖喱这下更不得了，像要证明它存在的超价值般，围着人家打着转儿地叫唤，当然，不再那么声嘶力竭的。而且只是叫，从不张嘴咬人。到最后，它的叫唤倒像是一种热情，有种欢迎人家进门坐一坐喝喝茶的意味。物业的维修工来过几回，对同伴说道，别怕，它就是叫叫而已。看看，都已经看穿咖喱的叫毫无意义。

在家里咖喱以守护神的姿态出现，在外面它同样知道懂得对我们的守护。它的同类们可以分享它的零食，它也可以忍耐人家对它的欺负，但它绝不允许其他的狗贴近我，无论离我有多远，在干什么，只要看到有狗狗靠近我或我逗弄着别的狗，它便风一样冲过来，霸蛮而无所畏惧地冲着对方吼叫；甚至有些时候，我与其他人聊天，对方若声音高了些，它以为是我被欺负，也是要贴紧我紧张地观察着。我若制止它的叫唤，它昂着头委屈地看我。它并不懂，人与狗的世界不同，人的是非更为繁杂，并非它眼里的非白即黑。当然咖喱并不需要懂这些，它只单纯地要护卫着我，不愿我受到伤害，无论这伤害是来自人，还是狗。

在咖喱来到之前，我虽然不是特别讨厌狗，但也没那么喜欢，养宠物于我更多是累赘。女儿对动物的喜欢更像是一种流于形式的观赏，具体事务她倒是比较坚定地保持着袖手旁观的态度。因为咖喱的到来首先是我默许了女儿，所以一开始我不得不承担起养狗的各项繁杂事务。女儿继续去外地上学之后，只说早晚一天两次带咖喱出去溜达一个小时左右，就已经令我头痛不已，一度还因咖喱无法言说的蠢笨而烦躁无比，它让我简直心力交瘁。尤其是当我信任它的时候，以为它跟别人的狗一样，对我会依恋到不肯离开半步。可咖喱呢，一不拴它便疯癫得不知所以，瞬间就跑得没了踪影。等我向咖喱跑开的方向一路寻找时，竟像蒸发了般，任我边走边喊，喊声由低到高，由羞涩到狂躁，那个灰色的迅疾奔跑的身影始终不会如期出现。起初，我心在下沉的同时居然还有那么一点点窃喜，想这要真丢了从此也就解放了啊！但那一点点窃喜终敌不过内心的焦虑，把院子里每个角落一遍遍寻找之后，终于绝望。回到家连做饭的心情都没有了，呆坐一会儿，忍不住又下楼去找，还是边走边喊，依然毫无结果。后来想起还有地下室没去找过，就从电梯下去，刚出电梯门，下意识地喊了两声，一转身，吓了一跳，咖喱不知从哪里跑出来的，正吐着舌头龇着牙仰头望着我，尾巴摇得没了形。我明白了，它这是跟着别人进了单元门，跟着人从电梯下到地下室之后，电梯门再没有开过，它也就一直滞留在地下室，这个还不会叫唤的笨家伙，就只能闷闷地被困在这里。我一边为咖喱的智商着急，一边又为它的蠢萌而忍俊不禁。不过，地下室的地形比地面要复杂很多，两栋楼近一百间小房子，曲里拐弯有如迷宫，以一只还未满一岁的狗的智力，能够不困死在这儿而且还知道守住正确的电梯，已经是奇迹了。我终于没能绷住，训过咖喱之后笑了起来。于是咖喱的尾巴摇得越发欢快，打得电梯壁“砰砰”直响。

以咖喱不高的智商，又不是帅哥形象，情商还低，讨人欢喜是有点难度了，但奇怪的是，它居然赢得了原本不喜欢狗的男主人的心。刚开始，老公并不怎么逗弄咖喱，对咖喱喜欢叼他的拖鞋很烦。咖喱只执着于自己的世界，它以为扯锯一样的行为是一种游戏，它乐此不疲，甚至当你厌烦到任其处置的时候，它还不肯甘心，一次次地挑衅。许是日久生情，老公到底还是有一颗柔软的心，咖喱的执着闹腾使他慢慢有了兴致，他不再反感咖喱，咖喱趴在他脚背上睡觉时，他还用温柔的眼神打量着这个毛乎乎的小家伙，竟不敢挪动自己的脚，怕惊醒了它。再过些日子，他很主动地要求去遛咖喱。刚开始遛狗，或许有些紧张吧，有时会听到他很生气地诉说遇到某些人对咖喱的不友好，不光呵斥，还无比嫌弃的样子。在老公眼里，咖喱已蜕变成一条很完美的狗了，性情敦厚，对人友善，从不莫名冲人叫唤，不凶不恶不咬人，这样的狗，怎么能受到非议呢？他的愤怒完全是资深养狗人的愤怒，不知不觉中，他成为自己曾经不屑的人，不但接受了咖喱，还与咖喱有着深厚的感情。这真是我没想到的。曾经的他，说起人与狗的热络与亲昵，还带着鄙夷，他觉得人就是人，狗就是狗，有些人唯狗至上，却忽略了人性，是不可取的。如今他自己或者也明白，有些人的自私和狡诈实属天然，是骨子里的；抑或日积月累，后天形成。狗实在是替这样的主人背了个大大的黑锅。

咖喱终不负老公对它的照顾，它回报给男主人的是憨实质朴的情感。早上我和它从外面溜达的时候，若是遇到正在去上班的男主人，它一定是要冲上去的，那么小小的狗，浑身的力气却很大，扯着绳子，像血红着眼睛的斗牛，我每次都要担心那用力梗着的脖子会被绳子扯断。跟着走自然是不可能，被我安抚着的咖喱一边呜咽着一边不停回头看男主人那渐行渐远的身影，那是真留恋啊！若是我们带着它一块儿出去，咖喱毫不掩饰它的欢快，跑动的身姿简直要飞起来，我想它一定忘了自己是只狗，还以为是仙子呢。咖喱得意的时候会忽视掉身边的人，跟错人的事就经常发生，走着跳着发现它旁边不是我们，一脸诧异地盯着身边人，似乎在思考它怎么把我们给弄丢了。思考完毕，这才四下寻找，看到我们欢天喜地跑过来，讨好地咧着嘴。有时我和老公分开走不同的路，这是最考验咖喱的时候，它是真为难坏了。我以为对咖喱的付出大过老公，在咖喱的心里，我们一家三口的地位总该是我最高才对，咖喱表面上确实也很听我的话，但它的演技太差，在特定时刻它的自然反应暴露了它对男女主人的亲疏——它的身子跟着我，眼睛却一直在寻找男主人，而且在每个拐角的地方，它都会停下来等着，连旁边的人都一眼明了它的心思，问道，这是在等男主人吧？虽然有最高地位只是我的一厢情愿，但咖喱似乎也不愿厚此薄彼，它更多的时候是在我们中间来回奔跑，既然没法做出最好的选择，它宁愿不停歇地奔跑，像一条线一样把我们串在一起——或者，它其实是用这样两头奔波的方式来拉拢我们呢？只是我们无法读懂它眼神里的期待而已。

再后来，形成了比较固定的模式，早上我在院子遛着咖喱，下午老公则成为咖喱的随从，他们喜欢出院子。咖喱是只行为自由奔放的狗，为了不让它的奔放吓着路人，出门时它的身上总是拴着牵引绳，保证了咖喱不能用风一样的速度惊了旁人，也保证了它自身的安全。但或许正因为我们过于保证了它的安全，才让它失去了对外界保持应有的警惕和恐惧，它的世界里，大概，所有的一切，都是美好的，充满了善意，就像它对待外界所有的事物一样。

咖喱还只有几个月大的时候，曾在院子南大门保安室里待过半个小时，那是因为我出门没带钥匙，遛完咖喱才发现进不了门，打车去女儿单位取钥匙，把咖喱交给门口保安看管。保安是非常负责的保安，时不时地跟咖喱聊聊天，摸摸它的头。咖喱从此记住这个对它充满善意的保安，以后每经过大门，都会跑到保安室，跟保安嬉闹一番，打个滚儿表达着它的喜悦与爱戴。门口的保安换了一茬又一茬，咖喱的习惯没有改变，对它而言，保安室是它心中的温暖之地，随着时间的推移，保安制服也因它感激和热爱的人而在它心中成为有别于我们的另一种热爱。

直到那个黄昏的突兀来临。来临之前一切都依然那么宁静安详，冬天开始了，还没那么冷，也不是雾霾的天，咖喱乱七八糟的毛发也已长长，我想再过些日子给它做个美容，还它帅哥的本来模样。但是上天来了情绪，在一切都显得美好的日子里唤走了咖喱。

本来是带着咖喱去保安室取寄存的东西，在院子溜达的时候，我已经不给咖喱拴牵引绳了。咖喱飞快跑向院门的时候，我并没有喝住它，我只是来取东西，又没打算出门。门口是刚来没几天的新保安，看到咖喱跑过去，很热情地替它打开了铁门，然后学着其他保安的样子摸了摸咖喱的头。我以为咖喱会跟定我，但我忘了它是条智商没那么高的小狗，当我与另外的保安核定了信息之后，没见着咖喱，喊了几声。替咖喱开门的保安没注意它的去向，也帮着喊了几声。院门外是一条不长的马路，一般经过这条路的车速度都不会很快，马路两边停满了车，实在没有让车跑起来的条件。但偏偏这时候，一辆白色小车车速惊人地急驰而过，在我的呼喊刚落，我已看到越过马路的咖喱转过身正准备奔跑回来，它刚跑到马路中间，那辆小车碾着我的呼喊已到达咖喱的跟前。我清楚地看到兴奋的咖喱被飞速的小车撞开的情景，紧随着沉闷而锐利的撞击声，是咖喱凄惨的惊叫，瞬间的疼痛让它在道路中间跳着转了两个圈。白色小车毫无减速之势，绝尘而去。我扑向咖喱的时候，道路两个方向的车都已经停了下来，静静地等候着。听到我的声音，路中间的咖喱不再盲目地转圈、叫唤，它安静地等着我。等我把咖喱抱到怀中，才知道这世间什么叫残忍和残酷——

咖喱的眼珠像被弹簧弹出来一样，长长地挂在外面，那双明亮、清澈、湿润的眼睛被彻底摧毁了。

送咖喱去动物医院的路上，我还抱着侥幸，或者，它只是眼睛受伤——就如后来女儿所说，咖喱最好看的是它的眼睛，上天却妒忌它的眼睛，所以毁了它。仅仅是毁了它的眼睛。可咖喱没让我有过多的侥幸，当我把它从车上抱下来时，它的血开始汩汩往外涌，一路行过，满目殷红。我的悲伤无法抑止，我明白咖喱再无法与我们一同生活，它的存在，就如夜间的烟火，只是为了让我们知道，沉闷的生活里其实还是有灿烂的一刻。咖喱的身体保持着蹲坐的姿势，即使我把它抱在怀里，轻柔的抚摸也未曾使它有一丝松软，它在用浑身的力气支撑着它羸弱的生命体征。从马路上抱起咖喱之后，它再没有发出过声音，哪怕是因疼痛而起的尖叫或委屈的呜咽。我无法直视咖喱的这份坚忍，泪水始终汹涌，极短时间之内我眼睛已肿胀模糊，甚至看不清怀里的咖喱，只能感受它身体的坚硬。

抉择很难，也很轻易。咖喱动如脱兔，失去眼睛的它将如何面对无穷尽的黑暗？而此刻那不肯停歇浪潮一样涌出的鲜血让我咬紧了牙关，为了无法预知的生命存在，为了让生命不再无尽地痛苦，我选择了咖喱的安乐死。没有电话征求老公和女儿的意见，面对一个生命的失去，我想独自承担也许是最合适的。

想起咖喱的到来，也许它到来的时节暗合了它生命的性质，从冬天走向春天，却是在两地的冰雪之中，哈尔滨的雪密而厚，大连的雪密而无存，总归要来，来了却不能在这世间长存。咖喱的世间欢乐，随着它的奔跑戛然而止。

送走咖喱，我只能对着黑色的夜空泣一声，咖喱，愿您在天堂依然快乐和善良！

墙角与红唇

那是一个墙的角，实实在在的墙的角。砖块垒起来的，没有墙，只是角。

少有人经过，即使经过，眼神也是飘过去，并不在意。那个墙角，实在太小，小到经年累月只有一坨阴影。但那画，许是被张贴上去不久，它还残留些青春痕迹，有些色泽是润的，还闪着光。画贴得很敷衍，从贴上去就不是平的，也不顺，很拧曲的姿态，像是被揉成一团又扯了开，然后随意往墙上一胡噜，不让你看出那画纸上究竟什么意境，或什么意图。是张贴画的人心情糟糕时候的杰作吧。也是，又不是个万人瞩目的地方，要那么认真做什么，谁会注意那一个小小墙角上的认真呢。画上该有个笑意盎然的女人，只是那笑也不甚正常，殷红的唇被折成角，一边高一边低，因为看不到全貌，那红唇不显柔情，反显几分狰狞。除了红唇，还有半边脸蛋，被鼓了起来，好像一个没有褶子的包子。剩下的，就是灰乎乎，那可能是头发，也可能是树，或是草地、小路什么的，背景嘛，任你想象好了。画被雨水冲刷过，也许很多次，也许就是最近的一两次。小城雨多，细软的，粗重的，凌厉的，绵长的，总之想它是什么风格它就是什么风格，容不得辩驳。除了那一点红色和一块灰色，已经没有了颜色，它残破不堪，除了模糊不清的几个不连贯的边线——那大概是画的轮廓，被蹂躏得已无画的娇美与风骨。一个没有人关注的地方，太阳都不肯光顾的小小角落，偏偏雨这么喜欢。太阳总是习惯把鲜亮的颜色一点一点舔白，做成旧色，带着某种令人怀念的记忆。雨水就没有太阳那般诗情、暴烈和温情，想用哪招用哪招，无所顾忌，并不是为了谁的记忆。对一幅画而言，可能雨的一次肆虐便能将一副崭新面容折磨得了无生机，从旧到残，像是刻意，却也是无心之失。一张画纸，实在不适合与雨你侬我侬。

画还蜷在墙角，像眷念某种情感的女子，明明遍体鳞伤、体无完肤，却还是挣扎着守候这份不舍，那大概是心中唯一的温暖与光明。

几年前，墙还在，不是横平竖直的直角，端端正正地作为墙而存在，不是。它是斜的。如果把其中一面看成是端正的墙，那另一面，则有些不正经，歪着身子向这面靠过来，靠着靠着，又矜持了，收了踉踉跄跄的步子，收的步子不够紧，那样子就别扭了，像是扭捏的女子，身子歪着，本以为会是风情的模样，偏偏成了醉酒的落魄汉子。这就叫人避之唯恐不及。撑了些日子，歪扭的那面墙塌了，塌下的墙砖终于靠在了这面墙上。又经历好些日子的风吹雨打，时间的蚀刻貌似不动声色，一旦有了声色，便是摧枯拉朽的疾劲。于是这面墙也累得气喘吁吁，裂缝越来越大，越来越多，一面还算健康的墙被拖累了，或者，它不愿独自存于世，兀自昂立，故而也变得岌岌可危。果然，不知道什么时候，这面墙也倒了，成了废墟。只剩了墙角——是的，一个狭小、逼仄的墙角，像稻草人，在偌大的田野里，凄凉、孤独而理所当然地站着；又不如稻草人——墙角立得一点儿也不理所当然，它只不过是残垣，颓废的，摇摇欲坠，且一无是处。没有什么单位对这个剩下的墙角负责，那些倒塌下来的砖，被有需要的人陆续捡走了。最先是因为什么砌的墙，为何又无人管理，已无人追究。那个墙角好像并不碍事儿，反倒是之前的墙塌出一块宽敞的视野来，便越发无人在意那一处破败、萧条的墙角。

其实说墙角是不对的，应该说只是一个用砖摞起来的角。无用的。

没有人在经过那个墙角时会担心有没有危险——墙总是要塌的，何况砖缝的水泥那么松了，风很轻松地从砖缝里穿过去，用点力，还可以把某块砖吹得动起来，像践行什么叫“随风舞蹈”。也可能有人这么担忧过，但是担忧有什么用呢，不能假以手推一把，让那墙倒塌得利落一些；也不会张罗去找当时砌墙的单位，只能从那个角落经过时，更迅速一点走过去，或者，离得更远些，防备着墙角撑不住倒下来的那一刻——当然，经过也不是必要，多数时候是无意识的，谁也不会刻意去靠近它。常常是余光掠过去，像风漫不经心地从水面拂过，连波纹都懒得荡起来。因为这个真的只是一个墙的角。那样无用且残破。

想来，那幅画贴上去的时候，一定还是吸引过目光的。那么颓废的墙的角，随时可能被路过的风甚至行人的气息拂倒，居然会有一幅画，试图粉饰这一切。虽然，画与墙角，所呈现的比率还比较和谐，却依然有种令人发笑的自不量力。画残破的速度比墙快多了，毕竟过于薄弱，纸浆与泥浆，对抗风雨和时间的力量差异如此之大。画不再被称为画，是一团有着墨色的纸张，像所有被丢弃的纸张一样，它完全失去原有的价值——或者它原本就没有价值，在它被漫不经心糊上墙的那一刻起，它的观赏性就已经失去了。它是被扔弃的，只是被扔弃在这堵战战兢兢、弱不禁风的墙角上，挣扎着保留这种尴尬的风貌被来往的人忽视，被博爱的阳光忽视，却被风雨无尽舔蚀。

终于，那画被漂白了一切，所有的褶皱都被日复一日的泥垢精心地填补。唯有半截红唇，在褶皱和泥垢的夹缝中挣扎着若隐若现。直到有一天，墙角忽地塌了——塌得并不完全，留了一小截墙墩，倒塌下来的砖和水泥块刚好把画纸完全掩埋起来。那半截红唇，连若隐若现都没有了。